Après une enfance  ire
Castillon a écrit ce p

CLAIRE CASTILLON

Le Grenier

ÉDITIONS ANNE CARRIÈRE

« L'éphémère vit d'éclairs. Et
je ne demande pas au bonheur
une rente. »

Romain GARY, *Clair de femme*

Tu pars. Il est tôt, mais tu pars. Je n'ai que ton foutre dans mon grenier qui se mélange avec la barbe à papa que je mange en entier parce que, dans les greniers, il faut des toiles d'araignée, et aussi des bâtons pour parfois décrocher les toiles. Et ton foutre est pris au piège de l'araignée, et j'ai mal dans mon ventre, et ma tête est serrée. Tu me manques, j'ai avalé ta photo. J'ai bu ton santal, j'ai léché la baignoire où tu avais pris ton bain, et ma chatte a sniffé la farine dont tu t'étais servi pour faire dorer les soles, ça lui a fait un effet de coke, elle a joui en dehors de moi.

C'est bon les soles. A chaque fois que je te regarde manger les œufs, c'est comme si tu goûtais mes ovaires, ces choses qui ne serviront jamais parce que tu ne me feras pas d'enfant. Mes ovaires sont le cancer de mon grenier, ils font de l'ombre à tout le reste, ils occupent trop ma tête.

Je devrais me contenter de vous aimer, toi et

ta femme, celle au bouquet rond qui ne fanera jamais, vous et votre fils, au charme de sa mère, au talent de son père. Je devrais vous trouver beaux, vous remercier de décorer le monde, aimer comme elle t'habille, aimer comme elle te coiffe, comme elle te repasse, la remercier de te nourrir, de te tenir compagnie. Je devrais la supplier d'être là quand tu t'endors, d'être là quand tu la touches, d'être là pour toi qui rentres là-bas pour elle. Mais je la hais. Et quand tu pars chaque soir pour une nuit de travail, chaque week-end pour un week-end d'écriture, chaque été pour des vacances avec ton grand fils, je vomis. Je vomis ton absence, je gerbe tes mensonges, je dégueule tes excuses, je te dégueule à l'infini. Mon grenier désespère de ne garder que ton foutre.

Tu me parles et tu mens et je le sens. Tu ne pourras jamais complètement me tromper, je serai au courant. C'est une réjouissance. Tu m'as dit que tu allais à un dîner ce soir. Tu ne pouvais pas dire autre chose. Tu m'aurais dit que tu passais la soirée chez des amis avec ta femme, j'aurais fait la gueule, et puisque tu ne me l'as pas dit, je gerbe.

C'est drôle, je ne cherche plus à te mettre mal à l'aise. Noël, je le passerai seule, à l'intérieur de moi, tout contre mes ovaires, avec ton foutre entre mes dents, parce que tu seras venu décharger pour me prouver qu'on peut se voir tous les jours, même la journée du réveillon. Peut-être même que le dimanche d'avant, on partira quelque part, peut-être même aussi que tu programmeras quelque chose pour juste après la Saint-Sylvestre. Mais c'est le soir où j'aurai besoin de toi qu'on te demandera ailleurs. Et tu seras mal, comme tu es mal à chaque fois, parfois moins mal parce que tu crois que je te crois. Mais je ne te crois pas. Je sais que tu m'aimes, mais je ne te crois pas. Tu dors avec une autre et tu ne vois pas pourquoi j'ai mal. Parce qu'il ne se passe plus rien ? Tu dis ça. C'est vrai ? Je ne te crois pas mais... Si c'est vrai que, concrètement, aucun de tes membres ne pénètre aucun de ses membres, et vice versa, dois-je me réjouir ?

Je pense à autre chose. Je suis sûre que tu l'embrasses, que vos langues se touchent encore lorsque vous êtes tous les deux gais, au chaud, chez vous, après une bonne piperade qu'elle t'a préparée pendant que tu me quittais, avec l'huile d'olive que je t'avais offerte.

Et quand tu rentres chez toi, je sais que tu t'excuses d'avoir caressé le connard de chien qui t'a collé des poils. Le chien que tu aimes tellement quand il partage un peu sa maîtresse.

Dis-moi comment tu fais quand je me mets des paillettes. Tu dois frotter si fort devant ton rétroviseur. Courir au lavabo dès que tu as passé ta porte. Prendre son démaquillant : c'est pas comme les bébés, le savon ne suffit pas à les faire s'en aller.

J'adore les paillettes. J'en mets sur mes paupières et elles tombent en cascades jusque sur mes deux joues. J'en ai posé plusieurs sur ma langue, parce que j'ai pensé qu'un peu de lumière dans le grenier ferait du bien. Ça me ferait rire que la paillette que j'avale tombe sur Mlle Hortense, elle qui mettait des jupes en velours avec un pull jacquard quatre couleurs réversible, et qui tirait ses cheveux comme pour empêcher le gras de tomber du roux.

Pendant que je me décore la gueule, je me dis que demain, c'est avec ta femme que tu pars en voyage d'affaires. Montpellier, on dit que c'est une belle ville pour les amoureux. Mais on dit ça de tellement de villes quand on n'a pas d'amoureux. Dans l'avion, elle va pouvoir poser sa tête sur toi, serrer tes doigts, mettre sa bouche dans la tienne ; toi, tu ne te retourneras pas, tu ne vérifieras rien, tu n'auras pas besoin que personne ne te voie. Tu vas la caresser, pour préserver l'ambiance, parce que c'est bon la paix, et, à ton arrivée, avant d'aller dîner, comme tu ne pourras pas dire que tu dois appeler ton fils, tu diras que tu vas aux toilettes, dans le hall d'un hôtel superbe, et tu me téléphoneras. Tu paieras immédiatement, sans attendre que le garçon t'apporte la note, et tu iras vraiment aux toilettes pour éviter que, te questionnant sur leur emplacement, elle remarque que tu t'es moqué d'elle. Ça me fait tellement plaisir quand tu te fous de sa gueule, et ça me fait tellement de mal de savoir que tu me traites comme elle.

A force de ronger mes ongles, je vais rayer ma tuyauterie. Arrête de te ronger les ongles, imbécile, tu as des mains magnifiques. Oui, mais mes mains, elles sont magnifiques quand elles ont quelque chose à faire, une queue à branler, un texte à taper, une sole à trier. Mais quand tu pars, elles font partie de mon corps, et elles ont froid mes mains, elles gèlent. Elles se glacent comme mon dos qui voit passer l'image : toi, arrivant chez toi et lui parlant, à elle, comme à moi. Et comment veux-tu que je lui parle ? C'est ça que tu vas me dire : Je n'ai pas trente-six voix, j'en ai une et je m'en sers.

Mais regarde, moi, si ma voix parfois se brise, et parfois tinte, ce n'est pas parce que j'en ai deux, c'est parce que j'aime une seule personne à qui je tends l'endroit, l'envers, et l'intérieur. A qui je dis la joie, la peine. A qui je dis la vérité et qui ne rend jamais la monnaie de tout l'argent que je n'avais pas, et que j'ai donné quand même. Je t'aime, imbécile, et chaque ongle que je ronge fabriquera quelque chose de laid à te donner. Je t'ai offert du beau, maintenant je vais me saccager. Et tu vas me trouver laide, et tu te rongeras les ongles, et là, on se retrouvera, dans le dégoût que s'inspireront nos doigts écorchés, parce qu'on se bouffera les peaux aussi. Et je serai devenue moins aimante, alors je ne trouverai pas ça beau. Mais pour le moment je veux t'aimer, et continuer à te trouver beau parce que j'ai un peu mal, et que, contre cette douleur-là, il n'y a guère que le soleil, et je sais qu'il est en toi. Ton grenier est un rayon, et ton corps, le vitrail qui laisse à ceux qu'il aime passer la clarté qui fait que tu es toi. Lumineux, magnétique, généreux. Oui, tu donnes à tous ceux que tu aimes, et j'attendais que tu n'aimes que moi.

J'ai pas de grenier, alors j'avale. Encore un peu de foutre ? Volontiers. Il manque de vermoulure mon palais.

Thème de la rédaction à me rendre lundi sans faute : un dimanche passé dans votre grenier... Et comment fait-on, mademoiselle Hortense, quand on n'a pas de grenier ? Parce que, chez moi, on n'est pas chez tout le monde. Les robes, on les porte, les livres, on les loue, les vieux tourne-disques, on les jette. Les photos des morts, on les déchire, la crèche de Noël, on la met avec les bougies d'anniversaire et les fèves. Et la boîte en fer, je ne me souviens plus où on la range mais je crois que c'est du côté du four, parce que c'est là où il y a le placard. Le train électrique de grand-père a été mis à la décharge le jour où grand-mère qui lui survivait a appris qu'il avait eu des liaisons. La malle de vieux papiers n'a jamais existé, la poupée de chiffon est morte, ça a rendu Nini l'Ours borgne, et on l'a mis à la poubelle. Le bouquet rond de l'épousée s'est décomposé six jours après la noce et, même enveloppé de papier de soie, il aurait pourri. Il y a des choses qui vieillissent mal. Et Nini l'Ours en est, comme tout le reste, la preuve.

Mlle Hortense voulait mon grenier en vingt lignes, avec la marge à droite. Sinon elle ne corrigeait pas. Je pouvais lui rendre la marge, mais je n'avais pas le grenier. « Va à la cave, m'avait conseillé Antoine, tu as bien une cave ? » « Tu peux parler du frigo, avait dit Alban, elle n'en saura rien, il y a des gens qui mettent à manger dans leur grenier. » Annie m'avait murmuré de venir chez elle regarder son grenier. Mais je la trouvais trop sexuée pour son âge, alors j'avais refusé. Et Marie-Charlotte, qui en possédait deux, m'avait proposé la remise dont elle ne se servirait pas. Mais je préférais l'autre, alors j'avais dit non.

— Maman, pourquoi est-ce qu'on n'a pas de grenier ? Je fais comment pour ma rédaction ? Mlle Hortense est catégorique. C'est pour demain. Et un grenier ne se bâtit pas en un jour.

— Papa, Maman dit que les greniers sont des nids à poussière, et que plutôt que de ressasser le passé, les gens feraient bien de travailler leur rédaction. Je peux avoir un mot d'absence de grenier ?

— Maman, Papa ne veut rien entendre et toi,

tu veux que j'aie de l'imagination, mais je n'ai aucun grenier où la mettre.

J'avais passé deux heures au coin. « Je vais te rafraîchir les idées, avait dit Mlle Hortense, il va bien en sortir quelque chose de cette tête... J'ai pas de grenier, j't'en mettrais moi... Mais regardez-moi ça. Eh bien, quand on n'a pas de grenier, on se tait et on fait comme si on en avait un. »

Et je suis sûre que les autres souriaient parce qu'ils en avaient, eux, et même avec des clés, des coffres et des passages secrets. Je pouvais commencer à l'inventer mon histoire, mais c'était trop tard. Mlle Hortense m'avait demandé à la place de copier cinq cents fois : Si j'avais réfléchi une seconde, sans g à seconde, j'aurais trouvé un moyen de parler de quelque chose que je ne possède pas, mais je n'ai pas de tête, alors je ne possède rien.

Vous êtes folle, mademoiselle Hortense. Et vous savez blesser. Plus jamais je ne manquerai de grenier. Je vais devenir le premier grenier humain du monde. Je monterai un spectacle. En nocturne, dans les foires, j'écarterai les cuisses et par le petit judas, on lorgnera ma vie.

— Qu'est-ce que tu veux faire plus tard, petite ?

— Grenier, monsieur.

— Mais ce n'est pas un métier ça... Gre-nier.

— Laisse, avait dit Maman en secouant ses boucles rousses, à cet âge on dit n'importe quoi !

On entend des mots, ça rentre par une oreille, ça ressort par l'autre...

Mais de quoi tu parles, Maman ? Ce n'est pas parce que mes oreilles sont des trous que les mots sont des queues. Tu parles de queue, là, c'est ça ? Tu parles de toi, en fait ? Non Maman, chez moi, ça entre, mais rien ne ressort, je suis constipée de la mémoire et aucune de tes attentions laxatives n'effacera de mon crâne ta tête ingrate du jour de plus où tu ne m'as pas comprise. Tu fais partie de mon grenier et tu n'es pas parmi les belles choses. Tu viens d'ailleurs de te prendre un chargement de *jelly* sur les cheveux. Et moi, j'ai mal au cœur parce que je déteste les choses flasques, tu sais, ces hommes pour qui tu secoues tes fausses boucles.

Mais il faut de tout pour faire un grenier, et si j'enlevais tout ce que je déteste, j'obtiendrais un paradis. Et ce serait hors sujet. Et Mlle Hortense me mettrait au coin. Mais elle doit être morte celle-là, depuis le temps. Je vais lui faire une petite place dans mon grenier. Dans le fond à droite, à côté du radiateur, avec les vieilles filles, derrière le dégueulis vert des cheveux de Maman, qui commence à avoir les pieds qui trempent dans le rouge : c'est ma semaine, et j'empêche que ça s'écoule. Il faut qu'il y en ait le maximum qui se fixe, et sur les pieds de Maman, le rouge ça va très bien.

J'ai compris une chose avec les greniers : ils

sont comme les estomacs, plus on en met, plus on peut en mettre. Je pensais finir mon chantier assez rapidement, et vivre avec ce grenier personnel, mais mon corps se module.

Mon grenier est une panse ouverte dans laquelle macèrent les choses mortes, vivantes, douces, amères, chatoyantes, invisibles, qui poinçonnent ma vie. Mes fruits rongés par les vers pondent des larves.

Comment éclairer ce grenier ? Ni le cul défait de ma mère sodomisée par trop d'hommes, ni les yeux clos de Mlle Hortense puisque je l'ai rangée morte, ne donnent d'intensité à mon grenier. La paillette, bien sûr, a dû faire son petit effet, mais que peut bien donner comme lumière une paillette atterrie sur l'œil d'une morte ? Je ne veux pas d'une lumière néon, ni halogène, ni crue. Il n'est pas question d'avaler une ampoule. Je voudrais introduire la lumière d'un espace dans lequel je me sens bien, comme celle de mon miroir que j'ai moi-même encadré de guirlandes de Noël. Pas celles qui clignotent, celles qui éclairent fixement ma gueule quand mes hommes me suggèrent de me courber devant. Bleu, rose, vert, jaune, et on reprend. J'ai bien une photo de ce miroir allumé, mais ces temps derniers, j'ai avalé trop de papier... Ses photos, ses lettres, son permis de conduire et sa carte de donneur de sang, groupe O, celui qui donne au monde entier.

J'aime beaucoup les bougies aussi, mais en feu. Je n'ai pas d'idées. Alors je vais laisser le grenier dans la pénombre. Pour le moment, ça ne pose pas de problème. Ça me fait même plutôt rire d'imaginer le cadavre de Mlle Hortense en pincer pour ma mère, qui dans le noir va confondre paire de couilles et paire de seins, et se faire bien tranquillement baiser, par une femme qu'à l'époque, rejetant mes propos amers, elle trouvait très bien, sous tous rapports. Je rigole bien Maman, aujourd'hui que j'en ai fait ta maîtresse.

Simon a été arrêté pour excès de vitesse. Et moi, j'ai avalé son permis, avec l'agrafe de la photo, mais ça, ça n'intéresse personne. Il me demande s'il ne l'a pas laissé tomber chez moi. Mais chez moi, il ne laisse jamais rien tomber, à part un cheveu, une cendre, ou moi. Son permis, je le lui ai volé, mais je ne sais pas comment le lui dire, alors je me tais. Mais j'ai envie de rire, et de lui tirer la langue : Viens le chercher, il est posé avec d'autres papiers dans le rayon archives de mon grenier.

Ça me fait penser que je devrais mettre de la cendre dans mon grenier. Ce serait bien. J'aurais à la fois la morte et les cendres.

On dirait qu'il s'en doute : Simon ne fait plus rien tomber, il fume très proprement, et moi, je fais tout pour le faire bouger. Mais qu'est-ce qui te prend ? Tu t'es fait gronder par ta femme qui ne peut plus se baisser pour ramasser tes cendres, alors tu amalgames, c'est ça? Mais ici, ce n'est pas comme chez vous, laisse-toi aller, c'est la maison du bonheur, on peut en foutre partout, regarde ma bouche, tu ne trouves pas qu'on dirait un cendrier? Je ne vais quand même pas en être réduite à suivre le cours du caniveau pour récupérer ton mégot. Et puis pourquoi est-ce que tout à coup tu fumes devant la fenêtre? Tu ne vas pas sauter au moins? Tu as besoin d'air, Boubou? Une bonne claque dans la gueule, oui, ça va te remettre les idées en place. Vas-y. Frappe-moi. Ça fait trois mois que je fais tout pour que tu me frappes. Je bois, je fume, je pue, je drague, je dors, je regarde la télé, je mange tes affaires, et tu me souris. Quelque chose m'échappe. Je joue à la très petite, j'invente plein d'histoires, j'énerve. Et tu caresses mes cheveux, et j'ai envie de pleurer.

Si la police te met en prison parce que tu ne peux pas présenter ton permis, je me rendrai. J'expliquerai que j'ai agi par amour. Parce que je t'aime. Je suis sûre que ta femme n'a jamais mangé tes papiers. Tout ce qu'elle bouffe, c'est le caviar, à Noël, avec toi. Encore une histoire d'œuf.

Je me souviens d'un Noël où un pauvre, derrière moi, a expliqué à un petit qui s'ennuyait ce que c'était que la naissance de Jésus. Et c'était bouleversant, d'abord parce qu'il était ivre, et puis parce qu'il racontait bien. Les cadeaux n'avaient pas d'importance, ce qui comptait, c'était d'aimer très fort son papa et sa maman, et de remercier Jésus de venir nous sauver. Et le petit a demandé pourquoi il fallait être sauvé, et le clochard a répondu pourquoi il fallait remercier. J'ai levé les yeux vers mes parents qui m'entouraient : Maman arrangeait le nœud en cuir de ses cheveux, Papa a froncé les sourcils, parce qu'il a cru que j'allais parler. Il me devient impossible de mettre des majuscules à ces deux noms, j'instaure la microscule.

Alors, j'ai arrêté de regarder mes parents, parce que ça ne donnait rien. L'amour ne venait pas. Et je les ai rêvés. Elle était blonde, il était brun, il tenait sa feuille de chants à l'envers, elle me regardait en souriant parce qu'elle voyait que ça me plaisait trop. Elle lui murmurait quelque chose, il souriait, prenait ma main, elle sentait un parfum discret, elle n'avait pas de souliers vernis, et lorsqu'ils étaient debout, on ne voyait qu'eux, tant ils s'aimaient. J'avais mes petites mains dans les leurs, il les avait un peu plus chaudes, mais comme elle les avait très douces... Avec moi au milieu d'eux deux, on formait le V de victoire, et je me disais que pour le clochard qui cuvait après son sermon, c'était un beau cadeau de Noël de nous avoir juste devant lui.

Et puis maman, m microscule, a toussé, sortant son odeur de vieux clope. Et papa n'a même pas remarqué, il s'inspectait le creux de la main, pas tranquille pour sa ligne de vie.

De ce Noël, ce que je voudrais garder, c'est ces deux parents inventés. Elle, la fée, et lui, le géant.

Mes parents inventés, je ne les revois jamais aussi précisément qu'en ce soir de veillée, où j'ai vraiment senti ce que c'était d'être une enfant, rare, aimée, convoitée. Ils m'ont voulue si fort à travers leurs deux mains.

J'ai avalé Maman, celle avec un grand M. Je l'ai prise sous forme de perle, une jolie perle blanche que j'ai eue au rabais, contre mon dé en or. Je lui ai parlé des heures, et elle a accepté, à condition que bientôt, son prince vienne la retrouver, celui avec un grand P, que je ne savais pas bien par quel bout avaler. Une feuille de chants de Noël mastiquée à l'envers ? Ça faisait trop de papier. Pourquoi pas un whisky ? Je le voyais bien ce Papa-là, boire un whisky très supérieur, en regardant sa perle reboucher le flacon après avoir rempli son verre et essuyé sous la bouteille pour qu'il n'y ait pas d'auréole crado sur le bois de la jolie table, chinée en Normandie, lors d'un week-end d'amour, où ils m'auraient emmenée, bien sûr.

Pourquoi est-ce qu'en ce soir de Noël, je n'étais pas une petite fille pleine d'allumettes ? J'en connais une qui en avait, et sa grand-mère est venue la chercher, et elle l'a emmenée. Moi, je voulais que mes nouveaux parents m'envolent, mais ils m'ont laissée là, avec les microscules.

Je vais donc choisir une bonne bouteille, pour faire honneur à mon Papa, au jour de sa consécration. Il habitera désormais au côté de sa perle, dans le ventre de leur fille adoptée depuis Noël, un Noël de joie, au milieu de tant d'autres.

— Où tu as eu ce whisky ? a demandé Simon.

— Je l'ai acheté. J'en ai bu. Il est bon. Tu en veux ?

C'est drôle. Simon boit mon père. Ça doit vouloir dire des choses, mais elles sont si compliquées ces choses-là.

Moi, je me sens bien, avec mon amoureux marié avec sa femme, et mes parents réunis dans mon ventre. Je leur ai demandé d'éviter au maximum ma mère, celle qui copule depuis un temps avec Mlle Hortense. Alors je suis sûre qu'ils se sont installés dans un coin merveilleux de mon corps. Bien sûr je les sens battre au niveau du cœur mais parfois aussi dans la nuque, dans les mains. Quand l'amour est là, on ne sait pas où il crèche, on sent seulement qu'il vit, et qu'on vit grâce à lui.

Tandis que ma mère et sa poule, étranglées par deux bouts d'intestin, ne vont peut-être pas tarder à se faire expulser, je suis pleine de bonheur, grâce à la perle et au whisky, à ma Maman, à mon Papa.

L'autre jour, je ne sais pas ce qui est arrivé à Simon. Il m'a expliqué qu'il ne se passait plus rien avec sa femme et que je devais avoir confiance. Et il a ajouté : « Elle est encore belle, et très sympa, tu sais. Mais bon. »

Un peu plus, et je gerbais sa carte de donneur. Donneur universel de sang. De miasmes, oui. Tu l'as vue ta femme, avec ses années, ses ran-cœurs, ses kilos de glaires mycosées, son odeur de rance à force de ne pas être visitée. Mais c'est que je te crois, on dirait ? Ou que je fais semblant alors. J'aime bien l'imaginer toute chaude se branler sur ta cuisse quand toi, t'as pas envie. Ça m'éclate : j'adore les chiens.

Alors Simon, surtout, ne me parle pas d'elle. Mais le problème, ce n'est même pas de ne plus parler, c'est de ne plus penser. Je t'interdis de penser à elle, et même de lui baiser le front par habitude, de lui sourire par égard, de lui parler par utilité, de la voir par hasard. Si elle ne m'écœurait pas, encore plus que ma mère, je

l'avalerais, ta bonne femme. Direct dans le cir-
cuit, et coincée tout en bas, elle se demanderait
parfois si ce n'est pas ta queue qui s'agite
dedans moi. Elle essaierait désespérément de te
mordre le gland pour que tu la reconnaisses, elle
qui te suce si mal. Elle n'aurait plus que ça
comme SOS détresse, te sucer mal. Je la vois
déjà! Je t'exciterai tellement que tu ne t'en rendras pas compte. Et c'est en pleine gueule
qu'elle se prendra ton jus, et ça, ce sera de ma
part, je le lui laisse de bon cœur.

Je m'ennuie à mourir le dimanche. Je fourre
mes doigts dans mon grenier, ça me fait vomir,
ça me fait pisser. Je me fais chier. Pour Simon,
le dimanche n'est pas férié, il a match, il a travail, il a femme. Le week-end, il m'est étranger.
Et si nous nous apercevons, je le reconnais à
peine. Ce doit être parce qu'il crée beaucoup le
week-end, des excuses grandioses. Un jour,
peut-être simulera-t-il une crise cardiaque. Il en
est capable. Il a trop peur de me perdre, mais de
le savoir ne suffit pas à me calmer. Je voudrais
qu'il ait encore plus peur, qu'il tourne en rond à
se demander comment. Comme une horloge,
avec moi en son centre et lui empalé au bout de
l'aiguille. Je ne voudrais pas qu'une fois son
mensonge dit, il se soulage au contact de ma
mine ravie qui fait celle qui n'a rien compris.
Il me ment parce qu'il voit sa femme. Mais
qu'est-ce qu'il lui dit, à elle? A part qu'elle est

jolie ce soir, et bien habillée pour sortir. Est-ce qu'il lui dit qu'il part un moment boire un coup avec un vieux pote ? Qu'il a une réunion, qu'il est agent secret ? L'autre soir, il m'a appelée de sa voiture. C'était le 20 octobre. Je le sais parce que c'est le jour où j'ai déménagé et où j'avais peur de dormir seule. Je suis sûre qu'il était sur l'autoroute. Ce n'était pas un bruit de ville, c'était un bruit aérien, comme celui d'un homme qui rentre là où sa femme habite, là où, quelques jours par semaine, elle a choisi de se retirer pour ne pas étouffer leur couple.

L'autre jour, je l'ai eue au téléphone, elle a décroché son portable. Pendant trois jours, j'ai refusé de parler à Simon. Je le dégueulais. Parce que la dame était à côté, qu'il m'avait parlé avec sa voix de mondain, ravi de m'entendre depuis tout ce temps, alors qu'un jour plus tôt il râlait dans mon corps. Et sa femme, je suppose, avait flairé un truc, comme un mystère, entre lui et l'inconnue du téléphone qui lui avait livré son nom en entier, de sa voix la plus douce, exprès pour contraster avec ce ton crochu d'aigrie étonnée. C'est pas vrai. Ce n'est pas à elle que j'en veux.

Le dimanche, je n'ai pas d'amour. Même mes parents inventés n'adoucissent pas cette journée. J'ai l'impression qu'ils dorment, qu'ils ont cessé de m'aimer. Les vilains sont tranquilles, les papiers ordonnés. La paillette s'est éteinte, c'est dimanche, et seuls mes doigts s'agitent dans mon grenier. Ils touillent, la merde et les souvenirs.

J'ai ouvert grand ma bouche juste devant un miroir, je voulais voir s'il y avait quelque chose de coincé dans mon œsophage, comme une boule qui fait un peu mal, et il n'y avait rien de visible. Alors j'ai avalé un calot, je l'ai fait glisser avec du beurre, enrobé dans un blanc de poireau. Je ne voulais pas avoir une boule invisible dans la gorge. J'en voulais une bien concrète, quitte à souffrir.

Et puis lundi va arriver, Simon entrera, et la boule passera. Le calot tombera dans mon ventre, sonnera bing sur la tête d'Hortense, et fera le cochonnet si mon Papa Whisky apprécie la pétanque.

Et l'autre père, p microscule, je l'ai mis nulle part. Pourtant, je l'ai déjà dit, il faut de l'horreur dans un grenier, et il en est un précis concentré. Lâche, égoïste, pervers.

Déjà, d'avoir fourré ma mère en moi, par l'intermédiaire de queues de cochon au curry me rappelant ses cheveux, a été une épreuve terrible. D'abord parce que je n'aime pas le porc, et ensuite parce que je savais que désormais elle habiterait en moi. Sans doute pourrai-je en faire ce que je veux. Mais cela ne changera jamais rien au fait qu'elle est là. Alors ne serait-ce pas leur donner trop de force que de les réunir tous les deux, mes deux parents, p microscule ? Quand je pense à mes autres parents, ceux que

32

j'aime avec mon cœur, avec mon sang, de tout l'être d'amour que je peux être si je le veux, je n'ai pas le courage d'ingurgiter mon père micro-scule. Pas tout de suite.

Oui, Simon, je sais, je ne me tiens pas droite, « redresse-toi imbécile, tu as un dos magnifique ». Mais mon dos est tout rond, ce soir. Il ne peut pas se cabrer tout le temps. Quand on a mal au ventre, on se recroqueville, c'est bien connu. Tu n'as jamais mal au ventre, Simon ? Moi j'ai mal, peut-être à cause du calot. Ou de l'agrafe de ton permis de conduire. Ça va, au fait, avec la police ? Tu as eu des points en moins ? Il ne doit plus t'en rester beaucoup avec tous ceux que tu perds à chaque fois que tu mens. Moi, je regonfle ton crédit, je pardonne tout le temps, mais comme disent les abrutis, je n'oublie pas.

Ce serait une phrase à tagguer dans mon grenier, d'ailleurs. Mademoiselle Hortense, s'il vous plaît, veuillez ressusciter un instant et tagguer sur le tableau noir de mon grenier : Je pardonne mais je n'oublie pas. Je vous fais passer un morceau de craie blanche.

— Ça ne va pas bien de mettre ça dans ta bouche ? a dit Simon.

Quoi ? Ça ne t'excite pas cette longue craie blanche qui glisse entre mes dents ? Tu as vu ? J'ai croqué dedans, il en manque un bout. Mais ne crie pas comme ça, tu es fou, tu m'énerves. Quoi ? Ça te fait des frissons la craie contre les dents ? Et tu crois que ça me fait quoi ta femme contre ton corps ?

C'est ça, va-t'en, je t'énerve, dis plutôt qu'elle t'attend, tu lui bouffes dans la main.

Moi, je vais finir mon père, un verre, deux, et puis trois. Du whisky jusqu'à plus soif, ça va me faire oublier. Dissoudre tous mes ennuis. Mais ne serait-ce pas ma petite perle qui bat tout bas, à l'intérieur de moi ? Petite Mère qui conseille doucement d'aller se coucher, qui murmure que ça ira mieux demain. Elle me caresse le sang, petite Mère, mon héroïne. Mais j'ai envie de boire, comme dans la chanson : *Ce soir je bois... / Aux lettres que je n'ai pas écrites / A des salauds qui le méritent / Mais je n'sais plus où ils habitent...*

L'autre jour, j'ai écrit à Simon, et j'ai mangé la lettre. Tout ce papier... Un jour, ça va me faire des dégâts. Il ne l'aurait pas comprise de toute façon, enfin il m'en aurait parlé comme s'il ne l'avait pas comprise, et il m'aurait caressé les cheveux, et ça m'aurait donné envie de pleurer. Alors que de penser que j'ai mis trois heures à mâchonner mes écrits avant de les mettre au grenier, ça me fait rire. Sur mon testament, je lui léguerai tout ce que je possède, il n'aura qu'à fouiller mon grenier, il retrouvera même ses papiers. Et puis son sang, de la fois où il s'est coupé en ouvrant une conserve. Il a rempli quatre compresses et, quand il est parti, je me suis fait des tisanes, quatre sachets dans l'eau chaude.

C'est dingue d'aimer quand même.

Petite Mère ne doit pas bien supporter l'alcool, je ne la sens plus, elle ne me dit pas d'aller dormir, elle me laisse boire. Je ne crois même pas qu'elle discute avec Papa Whisky, ils se désespèrent de mon cas ou quoi ? Ils dorment ?

Et toi, ma poufiasse de vraie mère, tu t'agites comme une folle, tu me fais trop mal au ventre, mais qu'est-ce qui se passe là-dedans ? Tu effaces la phrase que j'ai fait écrire à Mlle Hortense ? Je te préviens, je pardonne mais je n'oublie pas. Si tu effaces ce message, je vais m'énerver. On parle de mon grenier, là, le mien. Le tien, je ne veux pas le connaître, il y en a bien assez qui dépasse.

Je ne suis pas bien. Assieds-toi, ne bouge plus. Sinon je t'expulse. Une queue de cochon, si ça s'avale, ça doit pouvoir se vomir. Et vous, Hortense, pas un geste ou je vous décolore. La teinture fauve, ça se vomit aussi.

Je vais mal. Je vais très mal. Petite Perle,

réveille-toi, viens me prendre par la main, dis à Papa Whisky de me caresser les cheveux.

Sur ma nausée fatale tituba une paillette. Elle donnait trop de lumière, je n'étais pas habituée.

— Je t'ai apporté ça, m'a dit Simon en sortant un vieux livre. Je l'ai lu il y a vingt-six ans.

— Je n'en veux pas. Vingt-six ans, ça remonte à ton mariage, et je ne veux pas savoir pourquoi tu as aimé ce livre. Je le déteste. Je refuse tes bons souvenirs, je veux que tu n'en aies qu'avec moi. Ce livre, je le hais pour tout ce qu'il m'inspire. Parce que sûrement, tu le lui as fait lire, peut-être même qu'elle te l'a offert. Je vais le sentir et je vais trouver qu'il pue. Ça pue chez toi. J'ai jamais été invitée mais je le sens. Sur tes affaires, sur ton livre, dans ta voiture. Je n'en voudrais pas pour mon grenier. Pourtant elle est belle, ta voiture, avec ses sièges en cuir contre lesquels elle mouille.

Je pourrais draguer ton fils, et sortir avec lui. Sortir, c'est quand on met la langue. Est-ce que tu sors avec ta femme, Simon ? Moi, je vais me taper ton fils, c'est décidé. C'est déjà vu, c'est ringard, c'est mesquin, mais c'est décidé. Je vais lui faire voir... Peut-être même qu'à la fin il violera sa mère. Et avec son père, je ferai un film, Simon a envie que je réalise des choses avec lui. *Papa, j'ai violé Maman,* ça s'appellera.

Pour accéder au Fils, ça va être très simple, j'ai le Père et j'ai le Saint-Esprit. Je peux inventer n'importe quoi, je peux m'arranger pour le croiser. C'est bien d'être sûre de soi comme ça, de savoir que, même au coin d'une rue, on a une chance de faire tomber l'Homme, même jeune. Je vais le draguer, à mort, lui faire un cinéma, l'embarquer au café, lui parler de ce qu'il est, lui dire comment j'imagine son père aussi. Il sera ébahi et me parlera de sa mère. Et puis je paierai l'hôtel, je le baiserai neuf, dix heures, il arrivera en retard, elle se sera inquiétée. Sa mère le questionnera, son père ne remarquera pas, ou peut-être un peu plus tard, quand son fils lui demandera ce que c'est d'être amoureux.

Je sais à quoi il ressemble. Simon me l'a décrit, avec les yeux d'un père, mais il y a sans doute du vrai. Je ne vais pas le rater. Il n'y en aura pas plusieurs des types faits par Simon qui sortiront du 21.

Mon grenier palpite. J'ai forcé sur les paillettes au bifidus actif, je voulais que ça brille à l'intérieur pour que ça se voie à l'extérieur. Je me suis habillée, adaptée au jeune homme, étudiant mais bohème, parisien mais sympa, comme son père mais son fils. Et puis quand il a débouché, j'ai marché vers lui et je suis rentrée dedans, mon grenier aurait pu se répandre. C'était quelque chose de brutal, ce choc. Il s'est excusé. Il était gentil de s'excuser alors que c'était moi qui lui rentrais dedans.

« Ça va ? » il m'a demandé. J'ai bredouillé, et je lui ai répondu que je devais m'asseoir, et je lui ai demandé de m'accompagner au café, à l'angle. Je me suis assise, j'ai passé la main dans mes cheveux, et je lui ai dit que ça allait, qu'il pouvait partir. Alors, il s'est assis et a commandé deux cafés. Je l'ai remercié. J'ai sorti ma langue de ma bouche pour humecter mes lèvres, je lui ai décoché un regard oblique de star, j'ai souri avec lassitude, et puis j'ai ri et je me suis arrêtée d'un coup : c'est quelque chose qui surprend toujours. Il s'est décontenancé. Je lui ai demandé si je le faisais bander. Il m'a fait répéter ma question, et j'ai ri bêtement, parce que son père m'a appris, en position difficile, à rire bêtement. Il m'a demandé si j'étais encore étudiante, je lui ai dit que j'écrivais. Il m'a dit : « C'est intéressant. »

Je lui ai dit que j'avais envie de faire l'amour, il y avait quelque chose de sec entre nous, de cru. Il a voulu payer l'hôtel, mais moi, la belle-mère, j'ai refusé, je lui ai dit que ça m'excitait de payer, et c'était vrai, surtout avec l'argent de son père.

Dans la chambre, il s'est assis, et je l'ai couché et je l'ai baisé. Je ne percevais pas bien le lien de parenté, quelque chose m'échappait. Ça me faisait du bien, la jouissance, mais je ne trouvais aucune réponse.

J'avais constaté que je passais souvent des jours à bouder, sans que Simon l'apprenne, parce que quand il appelait, je n'avais plus envie de bouder. Alors voilà : je faisais la gueule sans qu'il le sache, je baisais son fils sans qu'il le sache. A qui est-ce que je faisais du mal ? Moi, en tout cas, j'aimais bien ça, il promettait le petit bonhomme, pas comme son père, mais pas très loin. Il m'a demandé comment je m'appelais. Je le lui ai dit. Un prénom après tout... Il m'a demandé mon numéro. Je lui en ai donné un faux, j'ai mis ma langue dans son oreille une dernière fois, et je suis rentrée chez moi.

J'ai déplacé le garde-manger vers mon grenier. C'était frénétique. Après avoir quitté mon beau-fils, j'ai eu besoin d'ingurgiter des pâtes crues avec du chocolat et des bananes trempées dans la moutarde. Des clémentines et des feuilles de salade, du pain avec du sucre en poudre, de la purée, du miel solide, des piments et du camembert, des bonbons sans sucre et du Coca *light*. Comme une bonne petite Mère venue me raisonner, le téléphone sonna et Simon me demanda le code. Ça faisait quatre mois qu'il venait me voir, et quatre mois qu'il appelait parce qu'il oubliait le code.

— Où est-ce que je t'emmène dîner? il m'a demandé.

Et moi, je n'avais pas très faim.

— Je préférerais rester là. Tu ne m'avais pas prévenue que tu venais. J'ai déjà dîné. Oui. Déjà. A cette heure-là. J'ai fait un goûter dînatoire. Une assiette mélangée si tu préfères, sucrée-salée. D'ailleurs si on ne fait pas un peu d'exercice, je risque de la rendre. Tu la veux dans tes mains?

Tes mains. Voilà ce qui m'a manqué chez ton fils. Tes mains. Tes mains sur mes joues, tes mains sur mes hanches, tes mains et leur poigne et ma peau qui sous elles se rend. Je t'aime, Simon.

Mais je meurs d'envie que tu rentres chez toi et que demain tu me le racontes, ce fils piégé par l'amour. Ça me dégoûte ce que je t'ai fait tiens! Baiser ton fils. Quand même. Je vais t'embrasser très fort, me tenir droite et cacher mes doigts abîmés. Je veux te faire honneur ce soir, même sans aller dîner. On pourrait faire l'amour. Je me donne tu sais.

Il y a foule à l'intérieur de moi. Il y a *rave* même. Ça s'agite dans tous les sens, je vais en mettre certains à la porte. Videuse-physionomiste de ma boîte, je vais regarder tout le monde de haut. Sauf Petite Perle et Papa Whisky qui ne la ramènent jamais, qui aiment sans mode d'emploi, qui font ça comme il faut. Mais là, je ne sais pas si c'est le miel ou le pain, je me sens lourde.

— Simon, tu ne veux pas qu'on aille courir?

Non, Simon, je n'ai pas horreur de ça d'habitude. C'est une question de moment, et là je trouve que ça irait bien. Mais bon, si tu te sens trop vieux pour te bouger. Je vais pédaler. Regarde-moi, tu dis si je fais bien, avec mes jambes, mes abdominaux et tout ça. Tu comptes. Si j'arrive à cent, je te viole et si je n'y arrive pas, tu t'en vas.

Non, toi tu me violes pas. Moi, je viole ton fils et ça ne me fait rien, alors toi, tu rentres chez toi, et tu fais un Scrabble avec ta femme, et tu t'arranges pour trouver des mots qui ne parlent ni d'amour ni d'amitié. Des mots de rupture. Trouve-lui les mots de la fin.

J'ai vu que mon débouche-évier nettoyait tout sur son passage. Je raffole de ces produits qui font effet immédiatement, le sirop qui enveloppe la toux, la crème qui soulage la démangeaison, la gélule qui calme la brûlure. J'aimerais un produit qui nettoie tout ce que j'ai mangé. Et comme il n'existe pas, je l'ai inventé. J'avale des comprimés effervescents que je mets dans de l'eau gazeuse, et je mate le spectacle, par tous mes trous, devant la glace. Mon intérieur se dissout comme un bout de viande plongé dans l'acide. Et puis je prends un bain chaud pour nettoyer mes pores, je transpire ma surcharge. A la fin, mon grenier retrouve sa fraîcheur, si je puis dire. Son authenticité. Chacun repart à la case départ, réinstallé, dans l'ordre.

J'ai anticipé le nettoyage de printemps, je trouve que ce serait important d'éjecter ma mère de mon ventre. N'y voyons pas là d'accouchement, juste une petite défécation de la fiente qui prend trop de place. Je vais la séparer d'Hortense, elles se retrouveront bientôt en voyage de fosse septique.

Chier sa mère n'est pas tâche facile. Je pense très fort à Maman Perle et à Papa Whisky, je leur demande de lui indiquer le chemin du dehors. Mais elle s'accroche, la vieille glu, elle n'en veut pas de sa liberté, elle l'aime fort mon grenier.

Oui, Simon. N'arrive pas trop vite. Je suis aux toilettes, et je fais caca. Quoi, ça te fait pas rire quand je parle comme ça ? Qu'est-ce que vous lui avez appris à votre fils, numéro un pour pipi, et numéro deux pour caca ? Ça m'étonnerait. Ça n'a rien à voir ? Tu es choqué parce que je fais caca ? Ah non. Parce que je dis que je fais caca ? Je peux dire popo si tu veux. Ou crotte. Je fais crotte. Enfin je chie, quoi. C'est peut-être bizarre mais ça m'arrive. Pas très souvent, remarque, je le déplore. Oui, ça va, j'arrête. Enfin n'exagère pas quand même. Quand tu me retires tes doigts pleins de merde, tu me demandes pas si ça me choque, et c'est de mon caca qu'il s'agit. En fait, tu ne te choques pas quand tu l'as sous les ongles, mais ça te perturbe que je l'aie entre les fesses.

Tu m'amuses, Simon. Tu es toute la photo de ton permis de conduire, flou. Il y a deux minutes, tu m'aurais mise au coin, et maintenant tu m'embrasses, tu dis que je t'ai manqué. Tu as

apporté des soles. C'est ta femme qui les a ache-
tées?

Je vais me la faire. Oui, c'est ça, j'ai baisé ton
fils, je vais violer ta femme.

Ah oui, Simon? Ton fils t'a raconté qu'il
avait rencontré une fille spéciale? Qui porte
mon prénom? Et ça te plaît? Il est très énervé,
le numéro qu'elle lui a laissé n'est pas attribué.

— Est-ce qu'ils ont fait l'amour? ai-je
demandé à Simon.

— Non, il m'a répondu. Bien sûr que non, ils
ont pris un café et ils se sont séparés, et voilà.
Qu'est-ce qui t'aurait plu? Qu'il l'embarque à
l'hôtel?

Tu ne te choquais pas tant que ça, le soir de
notre première nuit. Et c'est pas moi qui avais
payé l'hôtel ce soir-là. Tu te souviens? Le bar
aurait fermé cinq minutes plus tard, on aurait
fait l'amour dedans. C'était tellement fort. Et
puis après, tu m'as demandé si je voulais rester
avec toi et j'ai dit oui, et on a cherché un hôtel,
parce que chez toi, c'était l'espace de ta femme,
mais ça, je ne le savais pas à l'époque, je pensais que c'était par égard pour ton fils. On n'a
pas trouvé la lumière. On s'est aimés dans le
noir et pendant toute la nuit. J'aime ta peau, tu
disais, j'aime ton corps, j'aime ton cul, j'aime
toi, tu as dit « j'aime toi » à un moment, et tu
m'as caressé les cheveux, et j'ai failli pleurer.

Tout ça pour dire qu'un homme qui emmène

une femme à l'hôtel, ce n'est pas forcément une injure. Mais bon, je vois, cela ne te plaît pas. Je violerai ta femme autre part qu'au Blue Moon Hôtel de l'avenue de Suffren.

En attendant, pas plus tard qu'hier, j'ai mis dans mon chocolat chaud un peu de lait hydratant* (*les couches supérieures de l'épiderme) à la rose que j'avais emporté en quittant la chambre du Blue Moon Hôtel. J'ai voulu le parfum de la rose dans mon grenier, celle qu'on avait cueillie ensemble ce soir où tout était si beau, où mon grenier, je l'avais au fond de ma culotte, là où, sans arrêt, tu glissais ta main. Je l'ai offert à ma petite Perle, ce lait d'amour qu'elle ne m'a pas donné à cause de la sale rousse qui adorait se faire téter.

Bon. Ça va. J'ai compris. Ton fils est amoureux d'une fille qui porte mon nom. Tu ne vas pas le répéter cent sept ans. Qu'est-ce que tu radotes parfois... Prépare-toi à entendre ta femme te raconter la même chose. Il arrive de tomber amoureux de son violeur. Et le sien, ouais, ouais, ouais, écoute bien, portera le prénom de ta maîtresse et de l'amoureuse de ton fils.

Oui, Simon, j'aimerais qu'on passe plus de temps ensemble, mais j'ai ta femme à violer. Ça se prépare un projet comme ça. Je ne peux pas passer la journée ta queue entre mes fesses, à travailler à nos affaires, j'ai les miennes aussi. D'ailleurs demain, je ne peux pas te voir. J'ai rendez-vous à l'hôpital pour une fibroscopie, j'ai un truc coincé. En fait, sans faire exprès, j'ai avalé un calot.

— Un quoi ? a demandé Simon.

— Tu sais, un calot, une bille géante, en verre et en couleurs.

— Pourquoi tu as fait ça ?

Et il a ouvert de grands yeux.

— Je ne me souviens pas. J'ai confondu avec autre chose. Enfin, je l'ai avalé, et il est coincé, et on va me l'enlever.

— Je t'accompagnerai, m'a dit Simon. Il faut que tu y sois à quelle heure ?

Ce que j'aime avec Simon, c'est qu'il tient parole. Il est toujours là à l'heure. Au début, il était même en avance. Pour le remercier, je lui ai proposé de demander au docteur de lui permettre de regarder l'intervention. J'étais prête à lui offrir mon grenier, enfin une partie de mon grenier, sur grand écran, mais il m'a dit qu'il préférait lire dans la salle d'attente, et il m'a caressé les cheveux. Et j'ai eu envie de lui dire que c'était trop injuste qu'il lise dans une salle d'attente, pendant qu'on me passait un tuyau dans la gorge pour retirer le calot que j'avais avalé, pour combler le plein qu'il avait troué en partant.

Et de m'imaginer, moi, pauvre bête étendue sur le flanc, la lèvre pendante et desséchée par le petit aspirateur, et le long tuyau farfouillant par ma trachée, pendant qu'il lit un livre me fait de la peine. Beaucoup de peine.

J'ai envie d'avoir des complications. Je veux que tu t'affoles pour moi Simon. Je veux que tu me tiennes la main en courant derrière le brancard, je veux que des infirmiers te repoussent pour que tu n'entres pas au bloc, mais que tu y ailles quand même, que tu prennes mon visage, que tu me dises « ça va aller, tiens bon mon amour, je t'aime, je t'aime, j'aime toi ».

Mais tu lis dans la salle d'attente, et je suis nue sur la table, un tuyau dans la gueule. J'ai demandé la cassette de mon ventre au toubib, qui m'a répondu qu'on les donnait pour les échographies, pas pour autre chose. Il y a des femmes qui font des enfants et moi, je fais des calots. Vous allez voir mon grenier, docteur. A cet endroit-là, qui pue et qui est moche, peut-être que vous ne croiserez qu'Hortense et la vieille rousse, mais quand même. C'est un privilège. N'abîmez rien de mon grenier, c'est à moi de m'en occuper.

— On n'aura pas besoin d'aller loin, a dit le cameraman, il est bloqué très haut. Je le retire. Elle aurait pu s'étouffer.

— Tu sais Simon, lui ai-je dit en partant, j'ai failli vomir.

— Ah oui ? il a dit.

Oui, j'ai failli vomir, un peu comme quand tu me mens, ou quand tu m'aimes moins, ou quand je pense à ta bouche dans le cou de ta femme, quand je pense à une naissance. Celle de votre fils, où tu lui tenais la main, où tu as pris son visage, où tu lui as dit merci, et où tu ne lisais pas, assis dans la salle d'attente.

Et puis j'ai crié : « Demi-tour. Ramène-moi à l'hôpital. J'ai oublié un truc. »

Le docteur ne me restituera pas mon calot.

— Mais, un calot, ai-je insisté, c'est un calot.

— Lorsque l'on pêche un corps étranger, on l'analyse, a marmonné le docteur.

— Mais il n'est pas étranger du tout mon calot, je lui ai dit. Il est tout ce qu'il y a de plus français, je l'ai même gagné à Pont-l'Evêque, à la kermesse de Noël. Je peux vous dire exactement où. Derrière l'église, où je jouais avec un petit cousin. D'accord, quand je l'ai eu, il était un peu noir, à cause de la terre, mais je l'ai lavé, et maintenant il est à moi, et vous n'avez pas le droit de le garder.

Simon m'a priée d'arrêter mon cinéma. Il m'a ramenée à la maison et il est parti.

J'adore quand il s'énerve. Ça m'excite. Je pense que l'épisode ne se serait pas passé à la sortie d'une intervention chirurgicale, sa baffe dans ma gueule, je l'aurais eue. En attendant, j'ai une pensée pour mon calot plongé dans le formol.

Simon m'a appelée en me demandant de ne jamais recommencer une chose pareille, il avait eu honte. Pas parce que je réclamais mon calot, mais parce qu'il avait lu, peut-être dans la salle d'attente, alors c'est bien la peine de faire semblant de travailler, que certains homosexuels avalaient parfois des calots pour se faire plaisir au moment du caca. Du popo. De la crotte, pardon.

Tu imagines ? il m'a dit, le médecin a dû croire que ça me faisait bander de te faire avaler des saloperies et de te regarder les chier. Je l'ai repris : On ne dit pas « chier », Simon. Puis il a raccroché.

Ma star de mère a dû trouver ça génial la caméra braquée sur elle. Et Mlle Hortense a sûrement aplati son cheveu gras, comme elle faisait pendant la photo de classe, au lieu de rire comme tout le monde du zigouigoui en peluche du photographe. Le pauvre vieux photographe qui, de toute sa vie, n'avait jamais réussi à exciter personne avec son zigouigoui à lui. Peut-être que Mlle Hortense, avant de rencontrer ma mère, fantasmait sur le vieux photographe. Peut-être même qu'elle est morte parce qu'il ne lui a jamais proposé de poser pour lui.

J'ai peur que Simon meure. Un jour, il va mourir. Et qui me mettra au courant ? Je connais son fils, je vais bientôt rencontrer sa femme, mais ça ne suffira pas. Simon, tu es mon amour, je suis plus ta femme que n'importe qui, je suis la première sur la liste des choses que tu fais pendant la semaine, je suis la seule à qui tu téléphones tous les jours parce que tu n'as rien à lui dire. Je suis la seule chez qui tu vas quand ça va et quand ça ne va pas, celle à qui tu dis des choses que tu n'as plus confiées à personne depuis une éternité, la seule à qui tu dis que tu ne la tromperas jamais, la seule pour laquelle tu ne divorceras pas.

Mais si tu meurs, qui me le dira? Et si tu agonises, qui te prendra la main? Ton fils. Ta femme. Je t'interdis de mourir, Simon. Ce serait trop compliqué. Je ne veux pas être du dernier rang de l'église, mante religieuse noire derrière le pilier. Je veux la vedette, moi, pour ton enterrement, je veux lire un texte, serrer la main de tes amis, faire tomber la première rose, me faire très belle et montrer aux autres que tu m'as aimée plus qu'elle. Faire nos preuves. Mais c'est difficile de prouver à des inconnus qui s'en foutent ce que tu ne me prouves jamais à moi.

Je vais t'en parler. Et tu vas dire : Preuve? il n'y a que les imbéciles qui ont besoin de preuve. Tu ne sens pas que je t'aime?

Mais rappelle-toi, je suis une imbécile, tu le dis toi-même, tu n'arrêtes pas de me dire que je suis une imbécile. Au lieu de me dire « mon amour », il y a des jours où tu me dis « Imbécile » : redresse-toi, Imbécile, viens ici, Imbécile, n'abîme pas tes mains. Alors j'ai besoin de preuves : CQFD.

— Mais non, Imbécile, m'a dit Simon en

finissant son verre de Papa Whisky, je ne pars pas avec ma femme, si c'est ce que tu veux savoir avec tes questions détournées.

— Je ne te crois pas.

— Et si tu ne me crois pas, je n'y peux rien. Tu pourris ta vie toute seule. Je pars avec mon fils, et c'est tout, et je le lui ai promis depuis longtemps, et tu peux m'appeler quand tu veux, j'aurai mon portable.

Oui, mais si ce n'est pas toi qui décroches ton portable? Dire que je t'ai cru quand tu me disais que vous étiez séparés. Et elle est là toutes les semaines, et tu dors avec elle, et..

Je me souviens de ma première angoisse. Très peu de temps après notre rencontre, j'ai eu envie de t'écrire, et je voulais que tu reçoives ma lettre avant de partir en vacances, alors je suis passée chez toi la déposer. J'ai vu ton nom sur la boîte aux lettres, et le sien, et je me suis dit que comme il était écrit en très petit et en écriture anglaise, ce n'était pas important. Je suis quand même repartie avec la lettre et je l'ai postée. Je ne voulais pas que tu saches que j'avais vu. Je voulais oublier ce que j'avais vu. J'ai vu, et je n'ai pas oublié, j'ai attendu que tu parles.

Même ton portable, elle le décroche la salope. J'aimerais bien voir ta tête si un jour je décrochais ton portable. Il n'y avait qu'à te regarder la fois où l'Espagnol t'a proposé de venir travailler avec lui et de me laisser ton portable pendant que je visitais Barcelone, pour que vous puissiez me joindre dès que vous en auriez terminé. Ça faisait mal.

Oui, elle est là tout le temps, ta femme. Elle a les clés, elle te fait de la piperade, elle met des fleurs dans les vases, elle te suce, elle regarde la télé, elle rit avec tes amis, elle se demande où tu vas quand tu viens me voir, et tu la rassures : elle peut t'appeler tout le temps, ton portable est branché.

Tu dormais avec elle, et moi, je croyais que si tu ne venais pas plus souvent à la maison, c'était parce que mon canapé-lit était mauvais pour le dos, et maintenant que j'habite dans un vrai lit, tu viens encore moins. Vous ne seriez pas en train de vous réconcilier tous les deux ? Un fils violé, ça rapproche. Ta vieille compagne. Avec qui tu vas peut-être même faire un deuxième enfant. Si son viol ne lui tourne pas trop la tête. Il y a des femmes, après, elles ne pensent plus qu'à ça.

Eh ben, c'est ça, pars avec ton fils, reposez-vous bien. Je m'occuperai du cul de ta femme pendant ton absence. Tu n'as pas de souci à te faire.

C'est terrible quand même. Tout le monde parle des petites jeunes, un peu traînées sur les bords, qui sortent avec des vieux parce qu'elles sont intéressées, et eux, comme ils sont cons, ils laissent tomber la femme avec qui ils avaient tout bâti, la pauvre, et ils se laissent tourner la tête par la sale fille qui n'en veut qu'à leur argent. Alors pourquoi, dans l'histoire, moi la jeunette, je suis beaucoup moins gagnante que la femme? On dit que la nouveauté gagne toujours, et puis la jeunesse, la candeur, la fraîcheur. On est un con. Sa femme, je vais la violer avec toute ma fraîcheur. Il faut bien qu'elle serve à quelque chose. Je vais lui montrer qu'elle est vieille et moche, même si Simon me soutient mollement le contraire. D'autant plus.

C'est bon d'avoir son grenier sur soi. J'ai l'impression qu'en cas de problème j'ai tout ce qu'il faut à portée. Je fais régner l'ordre. Dès que ma mère remue un peu trop, j'avale un truc qui la décoiffe, dès que Petite Perle bat très fort, je fais silence et je communique. Quand Papa Whisky fait une blague, je ris, je l'aime. Ce n'est pas comme mon père, celui que je ne sais pas où mettre mais qui n'a jamais réussi à atteindre mon cœur. Il m'a téléphoné tout à l'heure, il m'a demandé si je n'avais pas cent balles parce que sa carte de crédit était bloquée. Je lui ai dit de passer les prendre, il n'est toujours pas venu.

Je vais les manger ces cent francs. Je ne peux pas les dépenser, ce serait du vol puisque j'ai accepté de les lui donner. Il est en retard, il est dépressif, je déteste les gens en retard et dépressifs.

C'est pas bon l'argent. Mon Papa Whisky me l'a souvent dit : un peu, c'est bien, mais trop, ça pourrit tout. Et Petite Perle, ça la fait bondir ce genre de considérations, parce qu'elle adore les beaux bijoux, les grands voyages, mais elle sait, au fond, qu'il a raison, que le précieux, elle le porte en elle et qu'elle le trouve en lui.

C'est pas bon l'argent, et chaque mastication est un calvaire. Le goût est obscène, l'argent passe dans trop de mains, c'est fort. Ça déteint sur la langue, j'ai l'impression de sentir l'avare, mon grenier, c'est une tirelire. Je vais faire atterrir le sale billet dans la poche de ma mère, elle paiera Hortense pour toutes les gâteries qu'elle lui fait. Voler l'argent de mon père pour le filer à ma mère, ça n'a aucun intérêt.

Non, Simon. Il n'est pas question que tu retardes ton retour. Surtout que ta femme est partie avec toi. Cela fait deux jours que je tente de la violer. Elle n'est pas là. Donc elle est avec toi. Et tu as menti. Et je vomis. Je vomis de l'argent au santal. Si tu ne rentres pas, fais-la rentrer avant. Je dois la violer, c'est nécessaire pour l'équilibre de notre couple. Je la viole, et on n'en parle plus. Après, de nouveau tu me mens, de nouveau tu la trompes, et de nouveau je ne pense plus qu'à mon grenier. Mets-y un peu du tien, Simon. Si tu crois que c'est facile de violer une femme qu'on ne désire pas.

Tu racontes n'importe quoi. C'est impossible d'avoir des amis partout. Tu les achètes ou quoi ? Tu passes ton temps à retrouver des amis, à t'en faire, à les inviter, à passer les voir. Moi, je n'oserais jamais mouiller autant de monde dans mes mensonges. J'ai beaucoup moins d'imagination que toi. Maintenant, je vais te mentir. Il faut que j'apprenne à faire cela mieux que toi. Je vais raconter des choses énormes, et tu vas me croire.

Si, c'est vrai Simon. On m'a agressée dans la rue. Une femme un peu folle. Elle m'a frappée si fort. J'ai mal Simon, il faut que tu viennes.

— J'arrive tout de suite, a dit Simon.

C'est con de mentir. Comment je vais faire ? Je n'ai jamais eu aussi bonne mine, ça doit être le lait à la rose. Personne ne m'a cassé la figure, et je vais devoir me l'abîmer toute seule, comme une grande, parce que dans trois heures Simon sera chez moi. Je ne supporte pas de me faire mal. Je ne peux pas. J'essaie de me mettre mon poing dans l'œil, mais je ne peux pas. J'essaie de me couper la joue avec un rasoir, mais je me rase juste. Après, ça va pousser tout dur.

Je vais me maquiller. Je me fais l'œil vert et noir, je m'arrange pour pleurer avec l'autre pour pas que ça coule. Je me mets du rouge sur le coin de la bouche. D'ailleurs, en dépassant, ça déforme la bouche, c'est très, très bien, et je mets un peu de noir à l'angle. Avec mon violet et mon marron, je fais de beaux ronds dans mon cou et sous l'oreille. J'ai le visage fracassé.

J'explose de rire. Simon me mettra-t-il un

jour la main sur la gueule? Il a passé ses doigts pour caresser mon œil, il a tout étalé, il a dit « pauvre clown » et il est parti. J'éclate de rire mais je ne le pense pas. J'en ai marre. Je vais défoncer mon grenier.

Je mets mes doigts dans ma gorge, je prends des comprimés pour me disperser, j'ai envie d'appeler Simon pour lui dire que c'est de sa faute, et puis aussi que je me vide, que demain, ça ira bien, que tout sera rentré dans l'ordre. Mais là, il a repris la route. Dans peu de temps, il sera avec elle et leur fils, et s'il pense à moi, ce sera en mal. De moi, il se rappellera seulement que je devais écrire une partie de son livre, et que je n'y parviens pas.

Petite Perle, fais quelque chose, fais le tri à l'intérieur de moi, range ma vie, aide-moi à enlever ce que je déteste. Je vais remettre un peu de Papa Whisky, je n'arrête pas de le recharger mon Papa Whisky. Je ne veux pas qu'il se transforme en pipi. Je veux qu'il reste le bon Papa Whisky qui soutient son enfant chérie les jours où elle n'a pas su se casser la gueule pour de vrai, et où ça a déçu Simon.

Quand j'étais petite, je disais les mots à Maman Perle, ça voulait dire, avant de dormir, poser des questions auxquelles elle répondait, et c'était toujours les mêmes questions et aussi les mêmes réponses, et si jamais elle variait les réponses, je lui demandais de dire les bonnes et elle me les disait. Je demandais : Y'a pas de moustique ? Elle disait : Non. Tu fermes les fenêtres ? Oui. Tu dis à Papa Whisky de faire du bruit ? Evidemment. Quand tu te couches ? Bientôt. Quand tu dors ? Oh ! ça... Pas tout de suite...

Et moi, ces mots, ça m'apaisait.

Simon, je veux dire les mots. S'il te plaît. Tu m'aimes ? Oui. Tu m'aimes ? Oui. Tu ne me feras pas d'enfant ? Si. Quand tu te couches ? Maintenant. Avec qui tu dors ? Avec toi.

Eh bien, moi, je vais violer ta femme. Vous êtes rentrés de vacances. Plus d'excuse, je me la fourre.

65

Je sais qu'elle est seule. J'arrive chez eux. Elle m'ouvre, elle est vieille, elle est sèche, elle n'a aucune innocence, aucune violence, elle porte un tailleur-pantalon aussi moulant et voyant que celui de la brunâtre du feuilleton télé où l'amour prend feu. J'entre. Elle s'interpose. Je la pousse dans le salon. Je lui demande de m'indiquer le bureau de Simon. Elle m'emmène. Je claque la porte derrière nous. Je lui demande de se déshabiller, elle tente de me mettre dehors. Je la somme de se déshabiller, elle me balance un livre au visage. Je la plaque contre le bureau, je lui tiens les mains, je lui découpe l'entre-jambe de son pantalon avec le cutter du bureau. Elle sent la transpiration acide, je lui enfonce un gros cigare dans le cul, elle vagit et allume le cigare, je lui mets mon poing dans le joli trou d'où est sorti le garçon chéri, et je la regarde, et elle tremble, et elle ne cligne pas des yeux. Elle a les yeux méchants, et les dents prêtes à mordre. Ça m'énerve qu'elle ait les dents prêtes à mordre. Je lui mets un coup d'haltère dans la mâchoire. Ça ne va pas du tout à Simon d'avoir un haltère dans son bureau. Un coup de tampon à l'encre dans le cou, et j'ai toujours mon poing dans elle. Et elle se laisse faire. Je lui coupe les cheveux. Je me coupe le poing et je le lui laisse à l'intérieur.

— J'ai fait un cauchemar, ou un rêve, je ne sais pas.

— Comment ça, tu ne sais pas ?

— Non. C'était bien, mais comme ce n'était qu'en rêve, aujourd'hui c'est un cauchemar.

Simon m'a dit « à plus tard » en refermant la porte.

Evidemment.

Et puis je l'ai vite appelé, je voulais lui dire « je t'aime ».

J'adore prendre des décisions définitives, comme je-ne-mangerai-plus-jamais, je-ne-parlerai-plus-jamais, je-ne-dormirai-plus-jamais. Ces nouveaux caps m'apportent un plaisir sans bornes. Je-ne-téléphonerai-plus-jamais-à-Simon. Alors, j'ai appelé chez lui, et sa femme m'a répondu. Elle a dit : « Mon fils me dit que son père est sorti. » Cette situation m'est intolérable. Au cas où tu ne le saurais pas, madame Simon, ton fils, je me le suis tapé, et je sais que c'est le tien, et ce n'est pas la peine de me le rappeler. Ce que Simon m'a dit ensuite est pire. J'ai un portable, il a dit. Il a insinué que si cela me perturbait tant d'entendre parler sa femme, je pouvais téléphoner sur cet engin personnel. Est-il nécessaire de lui rappeler que, pas plus tard qu'il y a quelques mois, son épouse, sa moitié, sa mie, m'a, sur cet engin précisément, répondu. Veut-il un schéma ? Simon, si tu ne l'as pas déjà été, je te finirai à la pisse.

Je t'aimais tellement quand je croyais que tu avais des couilles. Si tu savais comme tu as l'air faible quand tu mens, à faire des phrases à tiroirs, à t'esclaffer tous les deux mots : Oui mon Minou houhou, houhouhou, j'ai un dîner, héhéhé, avec un ami, hihihi, de longue date, tu aimes les dattes? Ahahah, et puis j'aime bien te voir un long moment, moi: passer après le dîner, c'est pas sympa, tralala. Ah, et puis demain, je vais travailler, mais à la bibliothèque, thèque thèque, teckel, tu aimes ces petits chiens très bas? Alors tu pourras m'appeler, olé olé, sur mon portable. Ahahah. Ah, mon Minou, tu me manques. Je travaille trop. Je suis un vieux con. Tirelipimpon. Etc. Et puis t'oublies pas, hein? Tu m'appelles sur mon portable demain? Heinheinhein. Hein?

Non, je n'appellerai pas exclusivement sur ton portable, non je ne harcèlerai pas ta moitié non plus. Et non, je ne te ferai pas le plaisir d'appeler aux endroits et heures dits. On n'a pas commencé comme ça. Je ne te pardonne rien, tu détruis tout. Rien ne m'échappe. Je ne t'écris même plus. Et ça, c'est depuis que j'ai vu ta tronche me regarder poster une carte postale sans enveloppe. Ce jour-là, j'ai eu beau te dire: « Ne t'inquiète pas, elle n'est pas pour toi... » Tu as eu beau baragouiner un truc, j'ai eu le ventre ulcéré, le cœur au bord des lèvres, et je suis remontée à l'hôtel, les larmes dans le nez, ce bel hôtel où on a fait lits séparés parce que la réception avait mal compris, et où j'ai rêvé, trois nuits de suite, que ta femme entrait avec un bâton d'huissier, et me roulait une pelle en me félicitant de ne pas coucher avec toi. Elle disait:

« Oh, mais c'est adorable cette excellente tenue. »

En ce qui concerne les teckels, je ne vois pas pourquoi tu en ris. Quand tu marches à côté de ta femme, tu ressembles à un basset Hunt.

Je ne t'écris plus, je fais mon grenier, en prose, en vers, avec ce qui me vient. Tes lettres, je sais que pour mieux les lire, il faudrait que je les aie en moi. Mais j'aime les avoir devant mes yeux, ça me rappelle tout ce que tu détruis. J'en prends une, je me mouche dedans et je la mets à la poubelle. Et puis j'en prends une autre, et je me torche le cul. Et puis j'en prends une autre que je me mets dans la gorge et qui ne veut pas passer. Et je reprends les deux autres, je les enfonce dans ma purée de carottes, et l'encre coule un peu, et je vais toutes les bouffer. Ma mère, elle va les lire, ce sera son petit *Dallas*. Petite Perle se dira que cet homme-là est amoureux, et Papa Whisky calmera ses élans. Il aura tout saisi des rougeurs de mon ventre, des nœuds dans mes tuyaux, des va-et-vient de mes larmes. Petite Perle, quand Papa Whisky lui aura expliqué tout cela, m'apportera des solutions.

Evidemment que je peux le quitter. Ça ne me

gênerait pas d'ailleurs. Il y en a tellement d'autres, des hommes avec des femmes.

Je trouve ça dommage de sauter le pas : entre deux gerbes, je vis de bons moments. Et puis j'aime bien comment on fait l'amour. Et j'aime quand il a peur que je parte. J'aime.

Je le trompe, un peu, mais je n'ai même pas droit à ce mot-là. Tromper, c'est quand l'autre va tout droit. Il m'a trompée. Je ne fais rien. Je prends du bon temps en dehors de lui, que sa femme appelle Simon aussi, et ça, ça fait très mal.

Dans mon grenier, j'ai mis du plâtre. Ce n'est plus possible d'être tellement cassée. Il faut que je me répare. J'ai une valise de chirurgien, une gomme en forme de valise de chirurgien avec une croix rouge, et elle est presque neuve. Je vais l'avaler et elle va gommer ses lettres, et j'oublierai son amour et j'irai mieux.

Mais, au fait... Je ne peux pas oublier ton amour, Simon. Parce que, dans ton amour, il y a tout celui que je te donne. Et le paquet est énorme, même s'il est éventré.

Mon père débarque. Il veut ses cent balles. Je mastique ma gomme, ça me fait monter les larmes parce que la consistance est triste.

— Tu devais passer la semaine dernière. Je ne les ai plus tes cent balles, papa. Maman me les a pris. Tiens, prends ça déjà.

Et je lui ai donné cinquante balles. Et puis ça.

Ça faisait cent balles. Et puis casse-toi. On ne t'a jamais appris à dire merci? Prends du postillon de gomme à la gueule, ça t'effacera, qui sait?

Mon père me prend de l'argent, ma mère se tape mon institutrice, Simon ne comprend rien, Papa Whisky et Maman Perle ne peuvent rien pour moi. J'ai un grenier en cours.

Mais non, Simon... Je ne fais pas exprès d'avaler des objets. Si tu ne peux pas m'accompagner, ne le fais pas, je ne t'ai rien demandé. Tu ne vas pas me culpabiliser parce que j'ai encore un bout de moi que le docteur va mettre dans le formol et refuser de me redonner.

Peut-être qu'après un moment il y a grâce. Avec de la chance, mon calot en otage sera relâché tout à l'heure. Je repartirai avec, je n'aurai plus qu'à me le mettre, voir si les lectures de Simon sur le plaisir que ça procure sont exactes.

Simon m'accompagne au deuxième épisode de ma fibroscopie. Il attendra en lisant dans la salle d'attente, merci. Je penserai à lui en faisant l'animal, ça lui suffit.

— Je vois une perle, a dit le docteur.

J'ai repoussé l'infirmière, j'ai tiré sur le tuyau.

— Celle-là, vous ne la touchez pas. Vous la laissez. Si vous la sortez, elle mourra, elle vit en moi, elle vit là avec son mari, ce sont mes parents adoptifs, si vous les séparez, si vous nous séparez, je vous tue.

Et là, j'ai repéré une espèce de canule que j'ai arrachée et que j'ai lancée vers mes affaires ; je me suis dit que ça pourrait servir comme accessoire de viol.

Non. Laissez ma perle, c'est ma Maman, c'est elle ma Maman. Vous connaissez les microscules ? Eh bien ma Maman et mon Papa sont l'opposé. N'y touchez pas, enlevez vos mains pleines de doigts, je veux Simon. Simon. Simon.

Dis-leur que je vais très bien. Emmène-moi, me laisse pas. Tu cours après le brancard, mais c'est eux que tu aides, moi tu me tiens pour que je ne me débatte pas. Mais tu es avec eux ? Tu devais jouer les urgences en me soutenant, moi. C'est toi que j'ai entendu dire « calmez-la » ? Tu n'as pas le droit, tu ne peux pas faire ça, c'est ignoble. Moi, je n'ai violé ta femme qu'en rêve, et toi tu m'assassines en vrai, tu les aides à m'enlever ma perle, et sans elle, je vais crever. Tu entends ? Tu entends ce que je dis ?

— Tiens, m'a dit Simon au réveil. Le docteur t'a rendu ta perle, sous ma responsabilité. Je sais que tu seras raisonnable.

J'ai demandé à Simon d'aller me chercher un verre d'eau, j'ai ouvert le flacon, j'ai fait un baiser à Maman Perle et je l'ai mise dans ma bouche. Elle était toute froide, elle manquait de respiration. Simon a rapporté le verre d'eau, et j'ai avalé Maman Perle sans qu'il s'en aperçoive. J'ai serré le flacon entre mes doigts, et il

76

a posé son doigt sur le bout de mon nez. J'ai senti que le courant passait de nouveau. J'ai dit « maison ». Il m'a ramenée. Et il est rentré en retard pour dîner.

Moi, j'ai passé la soirée à ressentir mes parents. Papa Whisky, et Maman Perle qui revivait, je l'avais perdue de très près. Elle battait de nouveau.

J'habite dans un F2. C'est très net. Il y a la pièce amie, vers la tête, vers tout ce qui est osseux, et la pièce ennemie, vers les viscères. L'espace ventral.

Tu sens le sexe de ta femme, Simon. Quand tu t'en vas, tu me dis que je sens le cul, que je sens bon. Notre odeur de cul, c'est ma baby-sitter quand tu pars. Moi, je me régale. Mais là, ce que je sens sur toi, c'est une liqueur qui ne nous appartient pas. Elle a un vrai sexe de femelle ta femme, bien rance, bien en chair, bien farci. Et toi, tu t'es roulé dedans. C'est écœurant. Tu mériterais que j'y foute le feu à ton odeur, c'est tellement fort l'alcool des autres. Nos sueurs à nous, elles se dispersent, elles ne se collent pas, elles sont libres, et quand elles se touchent, c'est pour mieux l'éloigner, notre enfant.

C'est répugnant. Va prendre une douche. N'espère pas me toucher ce soir. Ni un autre jour d'ailleurs. Ça fait partie de mes nouvelles décisions : je-ne-coucherai-plus-avec-Simon, je-n'embrasserai-plus-Simon, je-ne-toucherai-plus-Simon, je-ne-mangerai-plus-les-affaires-de-Simon, je-ne-coucherai-plus-avec-la-famille-de-

Simon. Sauf avec sa femme. Parce que j'ai dit que je le ferai, et je vais le faire. Même si cette odeur de vieux claque m'inspire plutôt de rester chez moi.

J'ai décidé de ne plus rien laisser passer par mon trou du cul, ni dans un sens, ni dans l'autre. Ni queue, ni crotte. J'ai trop peur que Maman Perle ne me quitte par en bas, et je n'oublie pas que j'ai failli la perdre. Alors il faut que je mange très peu. Je vais mastiquer, cracher, et avaler juste une bouchée par repas, que je rendrai plus tard, par en haut. Je-n'irai-plus-jamais-aux-toilettes.

— Tu sais, Simon, j'ai décidé de ne plus jamais aller aux toilettes. Désormais, je fais que pipi.

— C'est intéressant. Tu en as d'autres comme ça ? a demandé Simon.

— Non. Je te gerbe souvent. C'est tout. Mais je crois que je l'ai déjà dit.

— Et sinon, a ajouté Simon, à part avaler des billes et arrêter de chier, tu as des projets ?

— Non.

— Ecoute, si tu vis bien comme ça, tant mieux. Tu arrives à travailler ?

— Très bien, ai-je répondu. Je travaille très bien.

— Je ne te propose pas d'aller dîner ? a-t-il ajouté. Tu préfères faire un footing ?

— Non. Je vais aller vomir. J'ai pas assez craché mon déjeuner.

Je sens que j'ai frôlé sa baffe dans ma gueule, mais rien. Il s'est levé, il a soupiré, je crois même qu'il a haussé les épaules, et il a claqué la porte. M'en fous. Il rappellera.

Ah, Simon... Quand comprendras-tu que j'ai envie que tu me cognes. Une fois. J'ai envie que tu me frappes et que tu me secoues par les bras, devant toi, comme on fait avec les bébés qui s'étouffent, ou avec les brancardiers qui bloquent un passage. Que tu gueules, que tu vociferes, que tu me pousses sur le carrelage contre lequel je m'éclaterai la tempe, et que tu me baises alors que je reprends à peine connaissance, en me murmurant que je suis la pute que tu aimes.

Oui, je te trompe Simon. Avec ma tête, avec mes rêves, avec ton fils, avec ta femme, avec les autres. Enfin, on couche avec moi et, pour le moment, je ne me donne qu'à toi. Mais bientôt, je coucherai avec ce petit monde, et je me donnerai à lui. Moi aussi je veux que tu sentes le sexe de quelqu'un d'autre quand tu me prends dans tes bras.

Je tends à m'agrandir. Mon grenier se précise. Etage des merdes dans le ventre, étages des amours dans le sang, étage des soucis dans le cœur, étage des souvenirs dans la gorge. Pourvu

81

que tout ne se transforme pas avec le temps en un magma de souvenirs coincés dans la gorge.

J'ai beaucoup plus de mal à éclairer mon grenier depuis que je ne défèque plus. J'ai l'impression qu'il fait si sombre là-dedans. Même Papa Whisky et Maman Perle ont moins la forme. Maman Perle est si raffinée, je suis sûre que dans sa maison, elle aérait tout le temps, je suis sûre que Papa Whisky aimait les fenêtres, les belles vues, le ciel et l'espace. Les pauvres. Faut-il qu'ils m'aiment un peu pour avoir accepté d'habiter dans mon grenier. Mais oui, ils m'aiment un peu. A tel point que Maman Perle, lorsqu'on nous sépare, peut mourir d'amour pour moi, elle l'a prouvé.

Je me souviens d'une classe de neige où je souffrais tellement de l'absence de mes bourreaux que j'ai souhaité que le jardinier me viole. Il était gentil, ce jardinier, il avait l'accent de ce qu'il chiquait et crachait, et se raclait la gorge souvent. Moi, je n'avais pas d'amie à la récréation, et je détestais le ski. Mais le jardinier me lançait de la neige dans les cheveux. J'adorais ça. J'avais l'impression qu'on ne me verrait plus, qu'enveloppée du même manteau blanc que le sol, j'allais pouvoir sans qu'on s'en aperçoive fuguer et regagner Paris. Il fallait que ce type me viole. Les scènes d'amour à la télé, c'était très beau, et quand je roulais des pelles au poster de James Dean accroché dans ma chambre, je l'aurais bien vu me projeter sur le lit et m'enfoncer sa grosse queue.

Et le jardinier, j'aurais voulu qu'il me donne son amour, je me sentais tellement haïe par tous : la cuisinière qui me faisait manger du fromage blanc sans tenir compte de mes mises en garde. Si je mange du fromage blanc, je vomis. Ma mère m'a fait un mot, mais je l'ai oublié à Paris. La monitrice qui m'avait dit : « Dépêche-toi de mettre tes chaussures de ski, ou tu as une fessée cul nu. » Et trente et une filles avaient ri, parce que j'étais dans une période école de filles (c'est-à-dire période lesbienne pour ma mère), et que les filles pensent toujours que le cul nu d'une autre est différent du leur.

Le sucre glace me fait penser aux blancs battus en neige. Je lèche mon doigt, je le trempe dans le pot, et le sucre s'y colle, il se craquelle et se marbre si j'attends trop, et je racle la poudre de mon doigt contre mes incisives. Et j'avale et je recommence. Le sucre de toute façon, ce n'est pas un truc qu'on chie, alors ça n'entrave pas mon processus de constipation.

En classe de neige, alors que la mère des autres leur avait caché des bonbons, des petits mots, et même des peluches, dans les jambes des collants et les manches des tricots de laine, ma mère avait placé dans mes affaires des suppositoires à la glycérine pour nourrissons. Humiliation puisque j'avais l'âge d'enfiler la taille au-dessus, modèle enfant. Un jour où mes ennemies mâchaient leurs bonbons personnels, je pris un suppositoire que je mâchai à mon tour, vantant les mérites de ces gommes très rares. Dont tout le monde se foutait.

Il fallait que le jardinier me viole, j'avais

besoin d'amour. Trois semaines avec l'impression d'être espionnée tout le temps, c'était une mort très lente : quatre filles dans la chambre, par trois on va aux douches, on attend à la porte des W-C en file indienne, dès que tu pètes, la file indienne ondoie, on lit son courrier dans la salle de classe, on joue à des jeux collectifs pendant la récréation, on chante ensemble aux veillées. Se tenir la main pendant les promenades. Jamais, de toute ma vie, je n'ai senti à ce point l'étouffement de la vie en moi.

Et le jardinier, c'était ce qui me rattachait au dehors. Je pensais : Il me viole, il tombe amoureux de moi. Il me sort de là. Je lui promets de lui faire visiter Paris. Mais le jardinier n'avait pas le droit de tomber amoureux des enfants. Et moi, j'avais neuf ans.

Je n'ai jamais tant rêvé à mes parents adoptifs que durant ces trois semaines de neige. Ils devenaient gens de chair, passaient me prendre dans le bureau de la directrice du centre, et m'emmenaient au soleil. Nous roulions des heures et, une fois bien loin de ma geôle, nous nous arrêtions dans un petit restaurant, où ma Maman Perle commandait du poulet et de la purée bien chaude. Ensuite, nous faisions une promenade dans la jolie ville. Nous formions un V un peu moins profond qu'à cette messe de Noël puisque j'avais grandi, mais nous avions déjà l'habitude d'être vainqueurs. Papa Whisky entrait dans un magasin de jouets, et Maman Perle m'entraînait un peu plus loin pour que ce soit une surprise. Il ressortait avec un ours, mais pas des neiges, parce qu'il est délicat Papa Whisky. Et même, pour Maman Perle, il avait acheté un petit lion. Et dans la voiture, pendant que Papa conduisait, Maman chantait en jouant avec moi. Et je chantais avec elle, et comme c'était complètement faux, Papa riait.

— Le sucre passe par le nez aussi. Est-ce que tu as déjà sniffé du sucre? ai-je demandé à Simon.

— Jamais, non. Tu as envie d'essayer, je suppose?

— Oui. Enormément. *You suppose well.*

— Et tu ne te dis pas que c'est une voie anormale pour avaler du sucre? a demandé Simon à tout hasard.

— Et toi Simon, tu ne te dis pas que ta femme, ce n'est pas la voie normale pour arriver à moi?

— Ça ne veut rien dire ce que tu dis, a soupiré Simon.

Tu sais, Simon... Hier, j'ai parlé de toi à une femme. Elle m'a dit : « Laisse tomber. Un type qui te dit qu'il est séparé mais qui dort toujours avec sa femme est un homme qui ment. Il ne la quittera pas, car il y a entre eux quelque chose de très fort qui ne s'est pas détruit. » J'ai remercié la femme, ce n'était pas trop la peine qu'elle insiste. Je savais déjà que dormir avec, c'était précieux. J'ai dit à la femme que, moi aussi, j'allais me trouver un mari, que comme ça, nous allions vivre notre amour de manière très détachée. Et surtout de manière équitable.

— Il faut saccager l'amour. Tu sais ces choses-là.

— Si tu arrives à te forcer, m'a répondu Simon. Très bien. Tu me fais beaucoup de peine. Tout mon amour va vers toi... Tu ne le sens pas ? Mon corps, mes tripes. Je pensais que c'était évident.

Simon, pour moi la seule chose évidente, c'est que tu m'as menti, pour pas que je parte, peut-être, parce que tu m'aimes, sans doute, parce que tu ne voulais pas que je sache qu'avec ta femme c'était encore vivant. Mais moi, je ne sens que ça, ton amour est moins fort que son parfum, ta présence moins précise que sa voix. Je la gerbe, je la viole, je la tue. Et même ça, ça ne suffit pas.

J'en ai eu plein, des types avec des femmes. Mais je l'ai su le premier jour. Je ne l'ai pas appris, alors que l'amour avait déjà investi mon être de manière impossible, comme jamais ce n'était arrivé, sans doute parce que tu mentais bien, et que je te croyais, homme libre et sans contrainte en qui je pouvais avoir confiance.

L'autre soir, tu es resté une demi-heure et tu es reparti. J'ai foiré ma soirée. J'avais refusé à un de mes prochains maris de le voir, croyant que tu resterais un peu, et tu es rentré chez toi, obligation oblige. J'ai marmonné des poésies, à propos de toi mais surtout de ta femme. Et j'ai senti Petite Perle rouler vers mon tympan pour dire : « Pense à elle plutôt. » Petite Perle, c'est bien la seule dans l'histoire qui me trouve gagnante. Elle se met du côté de la femme mûre, c'est normal. Elle a raison, bien sûr.

Alors, je vais penser à ta femme. Comme si je ne pensais pas assez à elle. D'obsession, elle va devenir pensée. Si j'y arrive, ce sera très sain. Si à chaque fois que je vois un parapluie, je ne jouis pas à l'idée de le lui enfoncer là où je pense et de l'ouvrir, si à chaque fois que je tiens des ciseaux, je ne lui poinçonne pas mentalement les joues, si à chaque fois que j'allume une cigarette, je ne sens pas l'incandescence brûlant ses aréoles, si à chaque fois que j'ai envie de me la faire, je décide de la plaindre, vivrai-je mieux ? Ça ne marchera jamais. Je ne peux pas plaindre la femme de mon homme. Je ne peux que maudire ce qu'elle me prend, comme elle peut en échange haïr ce que je lui vole.

Simon, je voudrais faire un enfant en hommage à ta femme. Comme ça, elle aussi, ça lui ferait quelqu'un à violer un jour. Je voudrais faire un enfant sensible, à qui on permettrait tout, sauf la classe de neige et le viol. Il n'aurait le droit de violer personne, et absolument rien. Et surtout pas notre intimité. Je veux qu'on fasse l'amour éternellement. Je veux encore t'entendre dire que la première fois que tu m'as vue, tu m'as désirée d'une façon spéciale, que tu as eu envie de baiser comme un sauvage mon visage. Ce jour est inscrit dans mon éternité comme celui qui me l'a accordé. Ton amour a créé le monde, il m'a donné la vie, alors mon amour, je comprends que, pour faire tout cela, il faille que tu aies déjà vécu. Je comprends mais je n'accepte rien, parce qu'en plus de me donner l'amour, tu m'as appris à me respecter, à me juger. Et je me juge assez correcte pour pouvoir te suffire. Alors je te comprends, mais je te juge. Et tout cela en t'aimant si fort que je souhaite ne jamais te décevoir.

Tu dis que tu veux me remercier pour tout ce que je te donne, gerbe et coups de gueule inclus, mais tu me remercies tous les jours, parce que tu existes. Tu existes, je te protège, et je détruis chacun de ceux qui vont s'approcher de toi. Je ne peux pas le supporter, surtout quand ils te font mal. Je suis sensible et romantique. Va y avoir génocide des gens qui t'comprennent pas.

On va faire un enfant, c'est ça.

Qu'est-ce que tu me fais là ? Ce soir, tu restes « au repos ». Où tu l'as trouvée, cette expression ? Elle est ridicule, je te le dis comme je le pense. Ce soir, c'est relâche, on rit pas, on baise pas, enfin tu ris pas, je baise pas. C'est ça que tu veux dire ? Tu peux pas dire les choses ? Ce soir, je passe la soirée chez moi, donc on ne se voit pas. Et pas « je me mets au repos »... J'ai pas envie d'avoir l'impression de sortir avec un vieux. Déjà qu'avec un mec qui baise sa femme, c'est pas facile, alors avec un vieux au repos que sa femme astique dans le vide, c'est pire. Pense à moi un peu. J'ai un cerveau.

Mais mon futur bébé, je ne vais pas pouvoir le ranger dans mon cerveau. Un bébé se développe dans l'utérus de sa mère. Et moi, mon utérus, il est en zone d'occupation. Depuis que je ne vais plus aux toilettes, la merde occupe tout mon grenier, et elle a même pénétré l'utérus, et mes seins, et partout quand je me touche, je sens de la crotte, et quand je couds, je prends garde de ne pas me piquer : il ne faudrait pas que s'échappe par un trou une odeur déplaisante. Je hais mon odeur de merde, je préfère celle des autres. Il faudrait vider le grenier, la partie occupée par les monstres. Et pour le moment, je fais le cheminement inverse, je les fous dans le noir, je les asphyxie. Je fais tomber ma neige à moi, toute marron qui pue, pour qu'ils meurent gelés, et qu'ils exhalent le moins possible en moi leur odeur de cimetière.

Ça fait maigrir de cracher ce qu'on mange. J'ai l'air d'une vache, je mastique, je crache, je rumine. Beau programme. L'autre soir, j'ai mangé beaucoup de chocolat. J'arrive à ranger dans ma bouche une tablette plus deux barres et trois carrés, le quatrième, il n'y a rien à faire, il est de trop. Je mastique les barres au fur et à mesure, j'en pousse une autre à l'intérieur, puis je chie avec ma bouche, mes lèvres se tendent, et je pousse le paquet dehors, je contracte et ça sort en grosse merde, sur un sopalin qui se déchire avant de tomber dans la cuvette. Et j'en ai plein les doigts. Je me fais penser exactement à ça, à une grosse merde. Mais ça va mieux, depuis que je maigris, depuis que je n'ai plus mes fesses comme des départements, mes hanches comme des gouttes d'huile, mes joues comme des ballons. Mais j'ai toujours les yeux qui pleurent.

J'ai mis une larme dans mon grenier. Je l'ai fait couler, je l'ai avalée. J'ai souvent pensé à une larme géante, qui arpenterait le monde, et réglerait sur son passage tous les conflits. Une grande vague réparatrice, qui ferait pousser les récoltes perdues et manger les affamés, qui lénifierait les fusils, détremperait le mal, noierait l'offense. Une vague de plaisir, sensible et guérisseuse, pour laquelle rien ne serait trop fou, trop difficile.

Et ma larme dans mon corps, je voudrais la voir couler sur la joue de ma mère, et que ça la rende belle, je voudrais que ma larme fixe les mots des lettres de Simon, je voudrais qu'elle s'unisse à son santal, que son cou désormais ait le goût de mon eau au lieu d'avoir celui des secrets de sa femme.

Dans mon grenier, il y a des couleurs. Marron surtout, rouge, et puis blanc. Je vais mettre du bleu, tant pis pour l'étouffement : aujourd'hui, je veux un grenier avec un fenestron qui a vue sur le ciel. Pour mon Papa Whisky qui regardera les étoiles, et pour ma Maman Perle qui pourra aérer. J'ai mes phases, noir, jour, noir, jour. Ça dépend du bonheur, et lui dépend de Simon. Là, j'ai envie du ciel, parce que Simon m'emmène. En voyage, à l'hôtel. Où ? Je m'en fous. Ce que je veux, c'est dormir avec lui, qu'il ait besoin de mon espace, et qu'on ait le même ciel. J'adore quand il regarde la télé, j'adore quand il fronce les sourcils, j'adore quand il m'attrape les hanches, j'adore quand il va pisser, j'adore quand il dort avant moi, j'adore quand il dit qu'il est bien. Et puis souvent je lui dis que je l'aime et il dort, alors il n'entend pas. Et j'adore.

Le problème, c'est que je ne peux rien vomir. Sauf au restaurant, où je peux aller très rapidement aux toilettes, si elles sont bien situées. A l'hôtel, même avec le bruit de la douche, des doigts dans une gueule, ça peut faire suspect. Je ne veux pas choquer mon Simon. Je l'aime tellement quand je le vois plusieurs jours à la suite, et qu'il n'exhale que notre odeur. A nous. La nôtre. Celle pour laquelle nous sommes ensemble. Celle qui n'a pas besoin de quelqu'un d'autre que nous. Celle qu'on engendre et qui, habituellement, est avortée par le démon.

Donc je ne vomirai pas. Je mangerai, j'avalerai, je digérerai, et j'irai à la selle. Rien que du très conforme. Je suis à présent assez sûre de la résistance de Maman Perle en moi, pour savoir qu'elle saura ne pas se laisser emmerder. De toute façon, ce simulacre de bouchon de merde m'empêche d'y voir trop clair en ma demeure. Mlle Hortense, ma mère, le fric de mon père, et tout ce que je hais, doivent rester en moi si je veux parvenir à les maîtriser. Cela ne signifie pas qu'ils peuvent m'empoisonner. Ne jamais éviter les choses qui vous taraudent. Les laisser venir, monter, couper le souffle, et là, s'en emparer. Même si ça fait mal, même si ça semble impossible. C'est le seul moyen d'exister, s'emparer de ce qui fait mal et le rendre plus flexible. Le malaxer, le tordre, le courber devant soi, qu'il s'incline. Et lui tondre la tête.

C'est pas parce qu'on s'en va six jours — et puis d'abord, arrête de compter —, oui, c'est pas parce qu'on part ensemble qu'on peut se voir moins d'ici là. Si on ne se voit pas avant le départ, je ne vais pas partir du bon pied. Tu m'oublies, tu m'oublies trop. Et moi, je perds mon amour quand tu ne viens pas, je ne sais plus si je t'aime, je te perds et je n'ai plus envie de partir.

Ce matin, je t'ai trouvé magnifique, tu m'as donné les billets d'avion, tu as bu un café, tu m'as intimidée. Tu ne m'avais jamais intimidée, et je ne sais pas ce qui a fait que, ce matin, toi assis dans ma cuisine et me décrivant ta journée, ça m'a touchée. J'ai eu l'impression de ne pas te connaître, d'être une élève. Et tu m'as prise dans tes bras, et j'ai retrouvé ton odeur. Mais je sais maintenant que des choses m'échappent en toi, on n'apprend pas quelqu'un, on le devine, on le sent, on le pratique. C'est bizarre de savoir quand tu mens, et de ne pas saisir qui tu es.

Je veux te voir, avant le départ. Sinon, je vais partir pleine de doutes et de rancœur : quand je ne te vois pas, je te perds. Et dimanche, on part, vendredi, tu as un dîner, et samedi, tu as un dîner, et ces deux-là, tu me les as annoncés droit dans les yeux, ton corps lancé dans l'escalier et ta gêne envahissant l'air.

Tu sais, Simon, je sais que tu as un dîner tous les samedis, j'ai parfois des réminiscences d'envie de te mettre mal à l'aise, c'est tout. Alors je t'interroge. Tu tires ta femme le samedi, c'est ça? Non, tu dors avec. C'est pareil. C'est intolérable. Et ce jeudi soir, c'est moi qui ne peux pas te voir. Je baise.

Ce matin, je suis passée devant chez le boucher, et j'ai vu la femme de Simon en promotion dans la vitrine. Elle se vendait pour pas grand-chose au kilo, j'ai tout pris. J'ai soupesé le sac, il était froid et lourd, et il sentait la viande.

Ça fait exactement un jour que tu ne m'as pas téléphoné. Pour la peine, tu vas me faire à bouffer. Oui, tu vas l'annuler ton dîner de samedi, ou alors tu vas me perdre. On va se mettre aux fourneaux. On va la faire revenir, ta femme qui te manque si fort quand tu passes six jours avec moi. Je t'avais prévenu. Ce n'est pas parce qu'on part ensemble qu'on doit prendre des vacances avant, il faut l'usure. Quand j'aurai bouffé ta femme, je me mettrai les doigts. Dans mon grenier, il y a trop de saloperies, je la laisserai libre, mâchée menu, défigurée et libre.

Quoi, tu as eu beaucoup de travail? Il y a quatre mois, tu aurais téléphoné, même avec beaucoup de travail.

Simon a répondu : C'est ça.

Je lui ai dit : Je t'emmerde.

Il m'a dit : Nous partons lundi au lieu de dimanche, nous revenons jeudi, parce que vendredi, il faut que je sois à Paris.

Je lui ai dit : Tant mieux. Je n'avais plus envie de partir. D'ailleurs vivement qu'on rentre.

Il m'a dit : Je peux passer dimanche soir?

Je lui ai dit : Oui. Dimanche, c'est toi qui fais à dîner. J'ai tout ce qu'il faut.

Il m'a dit : Pourquoi tu fais la gueule?

Je lui ai dit : Parce que t'es un salaud.

Et dimanche, on rissole la vieille.

— Qu'est-ce que c'est comme viande? a demandé Simon en ouvrant le sac.

— De la viande rouge en promotion.

— C'est du bœuf?

— Peut-être.

— Tu ne t'es pas demandé ce que tu achetais?

— Non. J'ai vu la viande, j'ai eu l'impression de la connaître depuis toujours et qu'elle n'attendait que moi, je l'ai achetée.

— Et si c'était du cheval? Tu imagines?

Il est con parfois, Simon.

Simon découpe la viande en cubes, il dit qu'on va faire une fondue, que ce sera plus pratique. Et moi, je lui suce la queue, et dès qu'il s'arrête de découper, j'arrête de sucer. Elle est nerveuse ta femme hein ? Bien tendue, trop dressée, mal tuée. « Elle ne va pas être très bonne à manger ta viande, a dit Simon. On mettra des sauces. Elle est dure. » Et il a donné un coup de hanches pour m'enfoncer sa queue un peu plus loin dans la bouche et moi j'ai pensé que lui aussi allait se bloquer les mâchoires en mastiquant sa femme.

Et puis à table, on a lancé les morceaux dans le marmiton d'huile. Ça faisait des petits bouts recroquevillés. Et on a trempé ça dans les sauces que Simon avait ouvertes sans saigner, alors tant pis pour les compresses-tisanes.

A un moment, Simon est tombé sur un nerf. Il a fait la grimace, et il a tiré sur le bout de viande, mais du filandreux est resté bloqué entre ses dents, et il a commencé à se curer les dents avec sa fourchette. Et dans son assiette, le bout craché de sa femme, portant encore l'empreinte de ses molaires et duquel s'échappait une goutte d'huile et deux gouttes de sang, était mort.

Je t'ai fait tuer ta femme. Même plus envie de viol. Elle n'existe plus. Tu l'as crachée, je t'ai vu. Tu l'as même crachée en disant beurk.

On part à Rome, je suis bien.

— Dis, Simon... Est-ce que les émirs qui sont dans l'avion sont comme toi?

— Qu'est-ce que tu veux dire?

— Est-ce qu'ils ont plusieurs femmes?

— Qu'est-ce que ça t'apporte de dire ce genre de choses? a demandé Simon en dépliant un document de bibliothèque.

Moi, quand il commence à lire ses papiers, je le perds et j'ai envie de mourir.

Rome, ce n'est pas une ville où l'on gerbe. C'est trop beau, c'est comme Maman Perle.

— Pourquoi tu pleures? a dit Simon.

— Parce qu'on est à Rome.

— Ah bon, d'accord. C'est vrai, c'est beau Rome.

Simon... Au lieu de t'extasier devant les toges romaines, tu ne veux pas mater mes cuisses? J'ai mis une robe.

— D'ailleurs, quand est-ce qu'on baise?

— Tu sais que je déteste quand tu parles comme ça, a dit Simon.

— Et ça veut dire quoi quand tu détestes, oui ou non?

— Ça veut dire arrête de dire « baiser », et après on en reparle. En attendant, on va déjeuner... Tu n'as pas faim? C'est pas bon? a demandé Simon.

— Si... si... J'attends un peu, c'est beau le Colisée.

— Tu n'as pas faim, a dit Simon.

D'accord Simon, c'est ça. Si tu veux. J'ai pas faim. Et pourtant je vais la bouffer, ton assiette d'huile. Elle va se répandre dans mon grenier, tapisser les parois. Tout ce vieux papier peint qui sent la friture, je vais l'avaler par amour pour toi.

Simon trouve les statues superbes, celle de Caracalla surtout, alors qu'il a perdu son nez. Mais Simon, tu trouves ça beau un visage sans nez? Et alors pourquoi tu me le fais pas péter mon nez? C'est pas dur de faire une relique romaine avec ma gueule. Défonce-la-moi.

A la boutique du musée national, on vend des petits nécessaires de peinture, je vais me faire des fresques à l'intérieur. Je vais les commander pour Noël à mon Papa Whisky, lui faire passer le matériel, et il va se mettre au travail. Toutes mes guerres, tous mes combats, sur les chemins de la paix en moi. En pastel, faux marbre, en précieux. A quoi ça servirait de faire un grenier qui ne raconte rien?

Rome, avec son histoire, son harmonie, sa force (tu m'as bien cultivée Simon, j'ai tout retenu), me démontre que je suis un pays inventé, bâti pour ressembler à d'autres. J'y ai mis ça, et ça, et ça, et ça a donné moi, c'est-à-dire quelqu'un d'autre. Je suis du plagiat. Il y a trop de bruit, trop de ruines dont je ne connais pas l'histoire pour retrouver ma trace.

Allez, tire-toi. Pars faire ta conférence. Chope bien la petite Italienne qui parle si bien français. Je te hais. Elle t'a tellement plu que tu n'as pas pu t'empêcher de m'en parler. Erreur. Pendant que tu bourres l'Italienne bilingue, je me fais Rome. Faute du Gaulois, je vais bien trouver un Romain pour me péter la gueule, ça va me calmer.

En plus, je sais que tu appelles ta femme, tu as ravalé ton crachat de viande exactement hier soir, pendant que je faisais la sieste et que tu es parti téléphoner dehors. Ce goût de sang froid dans ta bouche. C'est immonde. Tu prends tes crachats pour des reliques. C'est du fétichisme. Tu brodes avec tes cheveux aussi? Et tu fais des sculptures avec tes crottes de nez? Je peux te donner des trucs à moi si tu veux, on peut faire une œuvre commune. Allez... Je t'échange le bout de viande de tes dents contre moi, mon grenier et tous ses orifices. J'irai le porter en offrande aux chimpanzés d'un zoo.

Je racole sur l'escalier de la Piazza di Spagna, on a notre hôtel à côté. Je mange un *panino,* et deux *panini,* et trois *panini,* et des chocolats, et je me lèche les doigts, et je me tiens mal, et j'en ai rien à foutre.

Je regarde Rome et ses murs que ce soir on va prendre en photo pour avancer la pellicule, et je ne te ferai faire aucun double. Je n'ai pas le courage que tu les jettes, encore moins que tu les caches. Je suis toute seule et j'ai froid, les choses sont moches sans toi. Un type me regarde, là, plus bas, qui fume sur les marches. Il se retourne tout le temps, il me regarde enfoncer mes doigts dans la boîte de chocolats. Je sais que j'ai les yeux mouillés, l'air figé propre à quand je me penche au-dessus des toilettes, parce que c'est écrit comme ça, et que je ne trouve rien pour éviter ça.

Il y a deux heures, on a déjeuné, tu as pris le bus, j'ai acheté à manger. J'ai tenu le sac contre moi, j'avais peur que tu me voies, déjeuner encore, manger toujours. J'avais honte et j'étais affreuse et dégoûtante. Et je me suis dépêchée d'arriver sur les marches pour manger tout, que ça disparaisse. Je vais aller acheter des *panini* et rentrer à l'hôtel. C'est pas le jour pour se faire tringler.

J'ai pris un bain, j'avais très froid, et Simon est arrivé. Il avait l'air heureux de me voir. Il s'est assis à côté de moi, il a chanté *Capri c'est fini,* il m'a dit qu'il aimait ma coiffure. Ça l'avait rendu amoureux de se taper son étudiante bilingue, j'ai chanté avec lui, et il m'a sortie de l'eau, m'a séchée contre lui. Il a dit « viens par là petite pute, tu me plais ». Et ça m'a rendue dingue. Je suis venue, j'ai fait la pute, avec le cœur. Ensuite il a fallu faire vite, l'Italien nous avait invités à dîner, nous avions rendez-vous devant Saint-Pierre de Rome.

A Saint-Pierre de Rome, Simon a dormi. Nous écoutions la messe, il s'est endormi et j'ai eu un malaise. Quelque chose qui survient quand on me met à l'écart, une ombre au cerveau. J'avais besoin qu'il me prenne dans ses bras, qu'il s'occupe de moi. Mais Simon trouve que les cajoleries tuent le sexe, qu'on peut s'aimer sans roucoulades. J'apprends. Je mets de la bonne volonté. Sauf quand il me présente synthétiquement comme la jeune femme qui travaille avec lui. Je ne la supporte pas, sa déférence. La délicatesse est dans l'amour, je me fous de ce que vont penser les gens.

Je ne supporte les retours de voyage que s'ils ne correspondent pas à la fin d'un voyage. Rentrer chacun chez soi est quelque chose d'intolérable. Après avoir branlé Simon dans le taxi romain, et dans la navette de Roissy, je rentre seule chez moi. Qui a dit qu'il y avait une justice? J'ai son odeur sur les mains, je serais capable de me faire mettre par n'importe qui tellement ça me rend fébrile. Coucher avec n'importe qui. C'est peut-être ça qui manque à notre couple, il a une femme, il faut que j'aie un homme. Avec qui boire pendant le week-end le chianti acheté au magasin de l'aéroport et payé avec mon reste de change. J'espère au moins que vous avez trinqué à ma santé.

Merci Simon.

Voilà, c'est décembre. Il ne neige pas. Il fait tiède, mais les sapins sont encore blancs, les boules rouges, et les gens affairés. Je suis chez moi, Simon se prépare, avec sa femme. Ce soir, c'est fête. Théo voulait m'emmener pour le réveillon. On devait partir sur la mer Rouge, voguer en goélette. J'avais accepté, et puis rien n'a suivi.

J'ai rencontré Théo grâce à mon chien malade. Il m'a offert la consultation, m'a invitée à dîner, et on a fait l'amour, et c'était chouette. Mais il sait que j'ai Simon, alors parfois, il disparaît... Et, comme Simon, il choisit ses jours pour disparaître. Un nouvel an. La classe.

J'ai demandé à Simon avec qui il comptait passer son réveillon, il m'a répondu qu'on risquait de le retenir, qu'il aimerait cent fois plus le passer avec moi. Il était si bien emmêlé que j'ai enchaîné mes questions. Il a été lamentable. Mais je le remercie. La bonne soirée que je vais passer chez moi en tête à tête avec l'écran va d'elle-même régler pas mal de choses. L'amour s'en va, paraît-il, et là, je le sens, c'est en bonne voie.

Tu rêves, mon gros... Tu ne vas pas croire, quand même, que c'est un truc que tu pourras rattraper, ça ? Même si tu t'arranges pour choisir la fiction de ce soir-là. Cher professeur, cher directeur de chaîne, cher amour, tu viens de signer ton arrêt de mort, de ta plus belle plume de lâche et de ton encre de faux derche. Rouge. Parce que ça m'excite, le bic rouge qui dépasse toujours de ta chemise.

Moi, notre amour, je le broie, et je te le gerbe à la gueule.

Tu dis que ça t'ennuie de ne pas le passer avec moi, ce réveillon... Mais toi, tu vas boire, tu vas bavarder, tu ne te rendras pas compte de ce que c'est que ce jour-là, seul. A minuit, tu vas en avoir des gens à embrasser. Ce soir, je ne te pardonnerai rien.

Ça fait deux jours que j'attends que les magasins ferment pour sortir, je ne peux plus supporter de voir le monde se préparer, je vais mitonner ma mort, juste une petite, seulement pour t'emmerder, après, je te largue, pauvre merde.

— De toute façon, je t'appelle demain à minuit, m'a dit Simon.

— Essaie pour voir...

— Quand même, je veux être le premier à te souhaiter une bonne année, il a dit.

— C'est ça... Eh bien fais-le maintenant alors.

— Ça va? Tu retrouves des amis demain?

— Non. Mes amis sont amoureux, et les amoureux vivent le réveillon ensemble. C'est comme les week-ends, tu vois? Non, tu ne vois rien.

— Ah, génial alors... a dit Simon.

— Arrête de dire des mots de jeunes, ça ne te va pas. Tu es grotesque.

— Je t'embrasse très fort mon petit chat. A tout à l'heure.

Tu n'as pas remarqué, Simon, que ça fait quelque temps que je pleure à chaque fois que tu m'appelles et que tu parles de mille choses pour ne pas me parler de ton absence du 31?

Et toi, Théo, qu'est-ce que tu fous? Au début, tu étais toujours là, dès que Simon n'y était pas. C'était parfait pour moi le week-end. Je voudrais aller sur le bateau, emmène-moi à l'improviste. Je veux jouir avec le mal de mer.

Oui, Théo... Mais on part quand? Demain matin? Bien sûr que je suis prête. Mais non, je n'avais pas oublié. Oui, j'ai tout ce qu'il faut. Merci. Mais tu m'emmènes vraiment?

Je rêve. Tu vois Simon, on ne m'oublie pas. Je suis la jeunesse qui fait repousser l'hymen de ta femme, mais je suis aussi la chienne que Théo prend parce qu'il se dit que la mer fera jaillir l'amour. Je pars. Oui je pars, et je suis heureuse et je remplis ma panse d'en-cas-de, et d'au-cas-où, mal au cœur, au ventre, au front, aux yeux. Je dispose ma pharmacie et prépare mon grenier. Ce soir, j'innove. J'avale une bouée. J'ai peur de la mer, sans doute à cause de l'eau. Je veux empêcher toute désintégration, toute déperdition de mon être, je veux, même si je me noie, continuer à flotter. J'avale une bouée en plastique rouge, par très petits morceaux, avec un grand verre d'eau. A l'intérieur de moi, j'ai déjà mis du fil, et j'envoie une aiguille pour que ma Maman Perle, très habile de ses mains, reconstitue la bouée, et qui sait? demande à mon Papa Whisky d'être assez gentil pour la décorer. Sur un bateau, souvent, il y a du monde qui s'engueule. Alors vous vous partagerez les boules Quies, j'en prends deux paires, je ne peux pas faire mieux.

J'ai drôlement peur. Parce que partir en bateau avec un homme qu'on se sentirait capable d'aimer et ses amis alors que, d'ordinaire, on n'aime pas les amis, et tout ça en pensant à Simon qui dort avec sa femme, c'est un challenge.

En plus, ils vont faire de la plongée, et je ne sais pas plonger, et je ne peux pas mettre ma tête dans la mer, encore à cause de l'eau. Ça me provoque une panique.

Je vais lire, et dormir, et parler à mon grenier, et faire comme s'il n'y avait que moi sur le bateau, et Théo. Parce que Théo, oui, je pourrais l'aimer.

Je vous déteste tous. C'est la première chose que j'ai eu envie de dire pendant les présentations à l'aéroport. Mais il vaut mieux faire des sourires, parce qu'on sera peut-être plus tolérant avec ma graisse quand, tout à l'heure, il faudra se mettre en maillot. On fera un sourire à ma cellulite, et une révérence à ma peau d'orange. On ne marchera pas sur mes grands pieds et on ne me poussera pas dans l'eau pour vérifier que je suis perméable.

Alors je fais des sourires, et je dis « s'il te plaît », « merci », « c'est beau », « j'adore, oui ». Et j'essaie même de m'immiscer dans les petits groupes déjà formés et qui, quoi qu'on en dise, dès lors qu'ils sont formés, se foutent royalement de la nouvelle recrue. Enfin, je leur parle et ça me fait chier, alors je comprends que ça les fasse chier que je leur parle. Il y a Théo et moi, comme groupe. Mais lui, c'est l'ami de tout le monde, alors on peut l'insérer dans tous les autres groupes. Dans celui de Capu (Capucine) et Gin (Jean), deux acteurs amoureux et défoncés, dans celui de Paula et Astrid et France, deux gouines plus une. Et puis dans celui de Tristan, un mec qui ne parle pas aux autres, le bon gars sur qui on se repliait quand il n'y avait plus d'amis à la récréation, ou quand il n'y avait personne pour se tenir le coude au bar. Un pauvre gentil triste mec. Et moi et mon grenier, qui formons un groupe à part entière, bien au-dessus de tout ça.

Dans l'avion, on a eu des cacahuètes, et j'étais drôlement contente pour Papa Whisky. Un peu moins pour Maman Perle, parce que le plat qui a suivi était gélatineux, et Maman Perle est très raffinée. J'ai collé à Simon mon flan aux fruits rouges, je me suis dit que, mélangé à sa carte de donneur, ça ferait un beau dessert, au coulis, comme il aime. Les trois gouines m'ont passé leurs cacahuètes, elles faisaient très attention à leurs corps et avaient repéré avec quelle frénésie je léchais mes doigts huileux.

Théo a quelque chose d'atypique. Il a de l'estime pour moi, une espèce d'admiration, et puis, tout à coup, il m'humilie. Il parle à quelqu'un d'autre, il lit un journal, il fait la gueule. Et cette indifférence subie provoque mon grenier de façon outrancière, j'ai envie de le baiser, de lui transmettre tout ce que j'ai en moi, de l'empêcher de se défiler. Théo, j'ai l'impression de te faire peur. Tu sais que je pourrais très bien décider de t'aimer un jour ? Si je me mets à faire des bouillons avec tes bains,

114

ne t'étonne pas, ce sera de l'amour, rien de moins.

Un bateau, ça bouge. J'ai le grenier sens des-sus dessous. On-doit-ranger-nos-affaires-dans-notre-cabine, c'est-Tristan-qui-l'a-dit-et-moi-j'obéis, alors Théo arrête de mettre ta main dans ma culotte. On-n'est-pas-des-animaux. Retire donc ta bouche de moi, et va dire à Tristan qu'il est beaucoup plus agréable à vivre quand il est sur terre. Ajoute que la côte n'est pas si loin, même à la nage. Je vais être malade.

Tous ces gens qui se droguent pour effacer le mal de mer, c'est injuste. Je ne supporte pas la drogue, ça me donne des malaises. Les trois goudous matent mon corps souffreteux étendu sur le pont. Je les regarde à travers mes lunettes de soleil, elles n'ont que de la pupille dans l'œil, tellement c'est dilaté. France me compare à une toile d'un de ses amis peintres, Paula et Astrid se roulent des pelles et poussent France vers moi, qui hoquette de rire. Je ferme mes yeux très fort. Je ne veux pas que Maman Perle voie tout ce bordel. Je ferme tout. Je pince mon nez, je serre les fesses. Et je ne respire qu'accessoire-ment dans le creux de ma serviette pour empê-cher le jour de passer par mes portes.

— Tu veux boire quelque chose ? me dit France. Tu vas attraper une *isolation* comme ça, en plein soleil.

(Ta gueule.)

115

— Volontiers, France. Mais je suis à l'ombre, tu vois bien, non? Quand on fume des joints, il y a toujours plein soleil?

— Ah oui, a répondu France en s'allongeant à côté de moi, c'est bien la nuit aussi.

(Ta gueule.)

— Oui, c'est beau la nuit, surtout quand il y a des étoiles, j'ai répondu. Tu aimes les étoiles?

— Oh ouais...

Elle adorait les étoiles. Ou elle faisait bien semblant, comme Simon, comme Théo, que j'ennuyais tout le temps avec mes constellations, et qui, gentiment, assuraient d'une seule et même voix jamais lassée : « Oui oui, on voit Orion. »

Théo... Allez... Vire-moi ta copine, qu'on parle un peu de nous. Nous, j'ai senti que c'était fort quand, il y a quatre ans, je t'ai proposé de monter boire quelque chose chez moi et que tu as refusé. J'ai pensé que ce serait la seule fois de ma vie où tu me refuserais quoi que ce soit. Et j'ai pensé juste. Plus jamais tu ne me diras non, ou sinon tu mourras. Moi, je ne suis pas défoncée, mais je peux aussi avoir des pensées fortes. Je sais quoi faire avec l'amour.

J'aurais jamais cru que les filles pouvaient être si chiantes. Même défoncées, elles ont des problèmes. On dirait que pour être une fille, il faut gémir. Regarde-moi ça... Capucine qui râle parce que le bateau lui cache le soleil. Tu vas voir qu'encore un peu et ça va être la faute de son Jean. Gin, pardon. Et pourquoi on l'appelle Gin d'ailleurs? Simon, je l'appelle pas Simone,

116

et toi, il faut bien prononcer Théo, c'est ça ? Ou Séo ? Enfin... Gin, il a pas l'air zen. A mon avis, le bateau avec une pouffe, il ne va pas recommencer tout de suite.

Ah pardon, Théo, c'est Capu ta copine, ce n'est pas Gin ? Ah ben change alors. Non je rigole.

Quoi je ne suis pas tolérante ? Non mais tu ne vas pas t'y mettre aussi.

Simon tu me manques. Tu me tolères tellement bien. Où es-tu ? Tu dors avec ta femme. Ici, il fait plein jour. Impossible de dormir. Je voudrais tes bras, j'ai pas le courage que tu me manques encore. Mais... C'est toi qui le resserres mon petit ventre plat, c'est toi qui couds ma chair à l'intérieur de moi ? Tu arrives à faire si mal ?

Mais non, Théo, je ne fais pas la tête. Je suis bien. Oui prends-moi dans tes bras. Tu m'as manqué. Je déteste que tu me manques. Je n'arrive pas à m'habituer à tes amis, mais ils sont très gentils, tu sais... Je n'ai rien contre leur humour, ni leur sexualité. Je trouve juste que c'est pas simple de partager son espace avec des gens moches et cons.

Oh oui, baise-moi, Théo, et si possible devant tes trois copines. Je suis hétérosexuelle, dis-le-leur avant qu'il y ait un drame, il n'est pas question que je me force à baiser qui que ce soit, et elles, elles ont bien assez d'herbe dans leurs cigarettes, pour que ce ne soit pas la peine qu'elles viennent brouter la mienne, vu?

Là, j'ai senti quelque chose comme Maman Perle n'y tenant plus et enfonçant dans ses chastes oreilles les deux paires de boules Quies. J'ai ri et ça m'a fait perdre l'équilibre, mais Théo est là quand il faut.

J'adore être dans tes bras Théo, c'est une étreinte spéciale, surtout avec la mère dedans, et la mer en contrebas, et le mal de mer qui fait mal.

Mais où est-ce qu'on va comme ça sur ce bateau, et est-ce que ça veut dire quelque chose tout ça? Je veux t'aimer, Théo, sinon ça ne sert à rien; je veux t'aimer jusqu'au fond, la surface, je la connais, je sais comme elle est moche, l'intérieur, il est pire, mais il est palpitant. Tu vois, mon intérieur, c'est un bien si précieux que je ne l'ouvre à personne. Je me le garde et je le travaille, et tant pis si je m'écœure, et tant pis si je me noie. L'important, c'est que j'arrive à ce qu'il ne soit rien qu'à moi.

Quoi Théo? Pourquoi tu me parles de Simon? Je te dis qu'il aime sa femme, et toi, tu es mieux qu'une femme. Il n'y a pas de raison que je ne t'aime pas. Théo... Je t'assure, je vais t'aimer. Mais laisse-lui le temps de venir, l'amour c'est comme la merde, il faut le temps de digérer. Prends patience. On ne peut pas vider un grenier et y mettre que de la nouveauté.

118

J'ai sa carte de donneur agrafée dans les veines, j'ai de sa femme, j'ai de son goût, de son parfum, de son amour. Tout est là, et je ne peux pas le saccager. Mais viens t'accrocher toi aussi, j'ai le grenier modulable, un amour sans limites, je ne cloisonne pas le sentiment. Aime-moi, ça va venir. Je t'assure.

C'est pas à toi que je parle France, d'accord? Qu'est-ce qu'elle est bête cette fille.

Qu'est-ce que tu veux que ça me fasse, Théo, qu'elle soit bien foutue? C'est bien une réponse de mec, ça. Elle pourrait être grosse et conne, noire et conne, méchante et conne. Là, elle est conne. Et bien foutue, si tu veux, mais ça ne règle pas le problème. Il y a ce soir puis cinq jours à tirer avec elle. Quand même. Ce soir je le compte pas, c'est le réveillon, je vais avoir bu. Quoique je devrais peut-être le compter double, ce soir, parce qu'avec l'alcool je ne suis pas sûre de tout maîtriser.

« On se drogue ce soir », a dit France.

Moi, je n'obéis qu'à Tristan. Vous-devez-essuyer-la-table, vous-devez-parler-plus-bas-que-le-vent, vous-ne-devez-pas-rester-en-plein-soleil, vous-devez-dormir-à-tour-de-rôle.

Je vais rouler du cul jusqu'à Tristan qui barre.

— Pardon Tristan, mais est-ce que ce soir on peut se droguer?

— Si vous êtes une bande d'imbéciles, faites-le. Mais vous ne vous rendez pas compte du danger. N'importe qui peut se noyer, peut arrêter de respirer et on fait quoi, hein? Je te le demande. Mais qui m'a incité à faire cette croisière ?

— Théo, Tristan se demande qui l'a incité à faire cette croisière et moi aussi je te le demande parce que, vraiment, ce n'est pas un marrant, Tristan.

— Oui, mais il sait barrer, a répondu Théo.

J'aide Capu à préparer la soirée, je fais des tartines et j'en fais des sans beurre pour ma Maman Perle. Des pleins de beurre pour France, conne mais bien foutue, et des à rien pour Tristan, pénible mais qui sait barrer. Puis je suis chargée par Gin, qui veut profiter tranquille de sa femme qui tartine, de décorer le pont.

— Théo, tu m'aides à décorer le bateau ?

Astrid et Paula se sont levées d'un coup.

— Oui chérie, on va t'aider. Tu ne vas pas t'en sortir toute seule avec toutes ces guirlandes.

— Comment tu t'habilles ce soir ? m'a demandé Paula qui frôlait mes cuisses avec sa joue, en me tenant le tabouret sur lequel j'étais montée.

— Je ne sais pas, je lui ai dit. Normalement.

Je ne vais pas m'habiller en plus. De toute façon, en arrivant, j'ai vomi dans ma valise pour pas que Théo s'en aperçoive, alors ce qu'il y avait à l'intérieur est hors d'usage.

J'ai droit aux toilettes. Ils sont tous dans l'eau et je suis aux cabinets. Je fais un gros caca, une immense libération. C'est impossible de se sentir si libre tout à coup. J'ai l'intérieur rénové. Je me sens extrêmement bien. Mais... je vous vois

120

dites donc. Maman? Mademoiselle Hortense? C'est vous dans la crotte? Je vous ai rejetées pour la nouvelle année. C'est extraordinaire. A qui est-ce que je vais raconter ça?

Ça signifie que, dans mon grenier, il y a eu tri. Querelle sans doute entre maman de sang et Maman de cœur.

France attendait à la sortie des toilettes. Elle avait fumé un autre joint. Elle m'a demandé :

— Tu préfères être hétérosexuelle ou qu'on soit en l'an 2000?

Je lui ai dit :

— En tout cas, elles ont quitté mon grenier.

Et elle a soupiré :

— Ah ouais...

— Théo... Je n'ai plus de mère, ni d'institutrice.

— Et ça te manque? m'a dit Théo.

— Disons que leur absence est très récente.

— Et ton mec, il ne te manque pas? m'a demandé Théo.

Et puis il a ri, et il a demandé pardon, parce que Théo, il est gentil.

Je lui ai dit que ce n'était pas très drôle, mais qu'on ne pouvait pas être drôle à tous les coups. Il m'a prise dans ses bras et on a été escortés par Paula, Astrid et France jusqu'à notre cabine.

La mer et le ciel sont couchés l'un sur l'autre. Il est l'heure de trinquer, c'est bientôt le nouvel an. Simon avec femme et amis, moi et Théo : désormais, c'est ce qui compte. Fais-moi un enfant Théo, là, sur le bateau. Mets de la lumière dans mon grenier. Les filles sont belles, les hommes aussi, la nuit est chaude, Tristan barre le bateau ancré. Je suis en combinette salée et huilée, pieds nus, mais bien gominée et pailletée. Les filles sont dessalées, elles ont des tenues sexy, des bijoux et du vernis à ongles. Elles dansent déjà. Gin et Théo remplissent des verres.

Et Théo me prend les épaules, m'embrasse le cou, s'assoit près de moi et cherche Orion.

Je suis mon grenier retroussé. A l'extérieur est affichée mon histoire. C'est ce que vient de me dire France. Les femmes saisissent malgré tout quelques subtilités.

« C'est drôle, chérie, elle a dit. Je te regarde depuis hier. Je peux presque te raconter ta vie. Rien n'a échappé à ton corps, tu as été tatouée. Ton fer rouge, c'est l'amour et la haine. Au milieu, tu ne sais pas faire. Tu es vraiment particulière. Tu en veux? » Et elle m'a tendu son joint. Et je l'ai pris, et je l'ai fumé, pour en finir avec la lenteur de ce réveillon. Maman Perle a très mal réagi. Je l'ai entendue tambouriner sous mon sein gauche. Simon a commencé une conférence sur les méfaits de la drogue. Il n'y avait que Papa Whisky pour l'écouter, mais tous les deux s'entretenaient sérieusement, tandis que mon grenier mis en friche se peignait de couleurs démentes. Mon ventre est un caméléon, mon cœur est un caméléon, mon sexe est un caméléon.

— Je suis un camélon, ai-je murmuré à France qui faisait des clins d'œil à Paula pour lui dire que c'était dans la poche.

— Alors porte la couleur des femmes, m'a dit France, la poétesse, en faisant résonner le vide de son crâne contre mes cheveux électrisés.

Et Théo qui nous regardait souriait béatement, il laissait France passer sa main sur mon ventre. J'ai pensé au bébé que Simon ne me ferait pas. Un enfant brun, sauvage, aux yeux noirs et au petit sourire tendre. Bien coiffé. Toujours caché derrière les jambes de son papa, et contre le sein de sa mère. Mon portrait, son amour, notre enfant, mort avant d'être né. Rien qu'une chimère, une chimère adorée. Et les rêves qui portent un prénom sont difficiles à supprimer. Joseph, bébé, je voulais t'appeler Joseph. Je t'ai appelé Joseph.

— Tu aimes Joseph comme prénom? ai-je demandé à Théo qui tenait aimablement la barre du bateau ancré le temps que Tristan boive son eau.

— Autant que Jésus, a dit Théo en riant.

— Pourquoi? a demandé France.

— Et toi? je lui ai dit, tu aimes Joseph?

— Je ne le connais pas, m'a-t-elle répondu. Mais si je le connaissais, je l'aimerais sûrement.

Capu a vendu la mèche. Elle raconte à tout le monde que je viens de me précipiter dans ma cabine et que ça n'a pas l'air d'aller.

Non, je ne pleure pas. Laissez-moi une seconde dans ma cabine. Le temps que Joseph s'en aille... Je suis la seule à pouvoir lui dire au revoir. Vous ne pouvez pas comprendre. Joseph s'en va avec la fumée de tout ce joint. Joseph était un grand soleil, il est devenu un petit nuage qui pleut sur mes yeux. Ce ne sont pas mes larmes, ce n'est pas grave, c'est une petite pluie qui fait éternuer les enfants.

— Je vous avais dit de faire attention avec les pétards, a dit Théo en fermant la porte. Elle est fragile. Allez-y, on vous rejoint.

Théo s'est assis sur le lit, il a tenu ma main et m'a dit : « Pleure, bébé, pleure. Je suis là. » Et le fait qu'il soit là, ça m'a fait pleurer davantage. Joseph partait, bébé pleurait. Et moi je priais, mais j'étais vide. Qu'est-ce qui m'arrive ?

— Il est minuit, a dit Théo. Embrasse-moi.

On s'est embrassés à minuit, naissance du nouveau siècle. Après, il m'a fait un bébé, et j'ai retrouvé la lumière.

— Si, Simon, c'est vrai. J'attends un bébé, mais pas de toi. Quand même, j'ai du respect envers ta femme. Tu t'en doutes. Jamais je ne lui aurais fait une chose pareille. Le bébé est d'un autre homme, mais si tu décides d'être le père, j'accepte que cet enfant soit le tien. A toi de voir. *Make your choice.*

— Tu m'exaspères quand tu parles anglais, a dit Simon.

— Pourquoi? Parce que tu ne sais pas le parler? *Make your choice.* Tu ne vois pas du tout ce que ça peut vouloir dire? Bon. *Choice* signifie choix. Alors tu vas trouver. *To make / made / made,* c'est faire. Choix, faire. Faire choix. *Do you see what I mean?*

Je rêve... Tu viens de me mettre ta main dans la gueule. Non mais c'est fou, Simon. Tu te rends compte? Je suis enceinte, ménage-moi un peu. Qu'est-ce que c'était bon. Non, pars pas. Non. J'ai mal. Reste, Simon. Ne me laisse pas.

Les ampoules ont claqué, un phare égaré éclaire de temps à autre la fenêtre. Et je mâche des sucettes. Une par heure, j'attends l'épuisement des maxillaires, viendra ensuite la chute de la glotte, l'explosion des amygdales, l'engloutissement de la langue.

J'ai le ventre gonflé, le corps qui tire, les yeux en suspens. Je participe à mon bien-être. Je m'adonne, sans bruit, à la mort, lente à venir. Faudra-t-il passer par la douleur?

La sonnette a été débranchée, la mort frappera, et je la recevrai simplement, très simplement, on m'a dit qu'elle n'aimait pas les manières.

Je vais faire un feu. Allumer la maison, allumer les bougies, comme au temps de Noël. Allumer tout ce bois pour ne plus avoir froid. Les meubles sont heureux sur le dos, le ventre chatouillé par les flammes. Prends-moi aussi le corps, n'épargne rien de moi, de toute façon j'avais froid.

J'ai chaud. Je vais mettre de l'eau sur les brûlures, ça s'éteint bien un feu d'amour. Les pieds de mon bureau ont raccourci, les flammes grimpaient vers le plafond. L'extincteur a tout arrêté. On frappe ici.

— Oui Théo, j'ai fait brûler un rôti. Si, j'aime la viande. Tout est rentré dans l'ordre.

Il paraît que de la rue, on voit du noir. On s'inquiète.

— Ouvre la fenêtre, dit Théo, mais vérifie

avant que le feu est bien éteint. J'appelle les pompiers ?

— Tout est éteint, je te dis. Dans mon appartement, dans mes jambes, dans ma vie.

C'est quoi la vie déjà ?

Je préfère les cachets du matin, ils sont roses et bleus, ceux de l'après-midi, on dirait des lentilles.

Il fait blanc ici. Même la nuit, on se croirait sur le bateau. Le blanc transparaît au travers de veilleuses et malgré les râles. Parfois je me demande comment les bruits pourraient faire varier les couleurs.

L'heure n'apparaît pas dans la salle commune, sommes-nous en guerre ? Je referme les yeux.

Elle est diaphane cette infirmière, elle est bonne. Comment a-t-elle noué son chignon ? Ses mains sont soignées de frais, j'aime bien quand elle fait les piqûres.

Ma voisine de chambrée est morte ce matin. C'est ce qu'a dit le docteur Peu. Nous sommes au moins vingt dans cette suite. Une morte, une vivante, une morte, une vivante, une qui sent bon, une qui pue. Une défenestrée, une alcoolique, une qui s'est rasée de près, une morte au rat, une mouillée-séchée électriquement, des qui n'ont pas bien choisi leur corde. Et moi. Merde, où est-ce que j'ai foutu mon grenier?

La nuit, les lits sursautent. Surtout celui de la mal rasée. Elle cogne ses poignets contre le mur. « Vous allez vous faire mal », lui dis-je. Elle s'en fout. Elle veut attirer l'attention du dortoir d'à côté, où il y a tous les garçons.

Depuis combien de temps suis-je ici?

Le jour, il faut s'asseoir dans le lit si on ne dort pas. Je suis sûre que, dans le lot, il y en a plein qui font semblant de dormir. Moi, je m'assois et je les regarde. Sous prétexte qu'elles se sont ratées de peu, elles sont copines.

— Vous allez pas me mettre dans un atelier au moins? dis-je à Peu. Je vous préviens, je n'aime ni cuisiner, ni coudre, ni peindre, ni fabriquer des colliers.

Lucie a une culotte. C'est vérifié. Il y a la marque quand elle se baisse. J'ai envie de la lui arracher. De lui enfoncer les joints de France dans la fente.

On n'a pas la télé. Et la fenêtre est si petite qu'on ne voit pas bien s'il pleut ou s'il fait beau. La dame du fond pleure tous les jours à neuf heures. Les deux gazées ont échangé leur lit, elles se sont trompées en revenant des toilettes, et moi, ça m'a fait rire. Je pense à Peu.

Peu m'a forcée à me lever. Je fais les cent pas dans le couloir. A ce que je vois, je suis chez les

132

fous. Chez des fous qui dessinent sur les espaces réservés des murs et sur les chemises des gens qui passent. Je ferais bien d'arrêter de passer ou d'enlever ma chemise.

Il y a un salon avec la télé. Mais les canapés sont occupés.

— Il n'y a pas de place pour moi ici, dis-je à Peu. Où que j'aille, il y a déjà des fous partout. Et ça pelote tant que ça peut dans les couloirs. Avant, j'aurais adoré ça. J'ai l'impression que l'hôpital, ça me rend frigide. Filez-leur des médicaments.

La gazée de droite a volé une fleur à la gobeuse de médocs. Elle effeuille la marguerite en chantant « un peu, beaucoup, passionnément... » Et la gobeuse pleure parce qu'il lui manque une fleur. Je lui dis d'aller faire un gros, énorme, gigantesque bouquet dans le jardin, et elle répond qu'elle n'aime pas les jardins.

— Docteur Peu... Je peux m'en aller ? Je me sens mal chez vous. Je n'aime pas les invités. Combien de temps allez-vous me garder ?

— Vous sortez quand vous voulez, a répondu Peu. Vous êtes libre.

Ce n'est pas facile de quitter l'hôpital, j'ai oublié ce qui attend dehors. Et puis j'ai perdu mon grenier. Il faut que je le retrouve.

— Pardon madame, ai-je dit à l'infirmière d'accueil. On ne vous a rien déposé à mon arrivée ? Aucun effet personnel ?

— Aucun.

— Vous avez choisi de rester encore ? dit Peu.

Oui, encore un instant. Je range ma tête, je mets tout dans des valises, et j'apprends à les porter. Certaines sont beaucoup plus lourdes que d'autres. C'est difficile. Bon. Il est où mon grenier ? Vous pouvez me dire si on m'a lavé le ventre en arrivant ici ?

Le blanc, le propre, le règlement, les voisines, les râles, les pleurs, j'ai réglé ma vie autrement. Je me roule dans du drap en attendant qu'il vienne. Simon, Théo, je hais la classe de neige.

Simon, il faut que tu me baises immédiatement sur ce lit d'hôpital, pendant qu'il y a promenade. J'ai perdu mon grenier et je ne peux pas sortir d'ici sans m'en être fait greffer un autre. Alors, vas-y.

Quoi pas ici ? Et tu voudrais qu'on fasse ça où ? Il n'y a pas d'autre solution. Ça va se passer ici et maintenant, et en cinq minutes encore, avant qu'elles remontent. Je t'en prie. Après, je sortirai de là, tu m'emmèneras, je ne déprimerai plus du tout, je te le promets.

Et Simon s'exécute. Ça le fait bander les dépressives, ça lui rappelle sa femme. Il me chevauche très rapidement, et je souris, comblée. Pendant que tu me baises, je te vide. Je te pompe. Je choure tout ton grenier. Tout ce sperme qui avant le paralysait va maintenant faire respirer mon grenier. Ton foutre ressuscite mes entrailles. Je peux sortir d'ici. A présent, j'ai de quoi tenir.

N'importe quoi... Non mais tu t'imagines peut-être que je vais te croire, Simon. De suicide. Tu parles de ça? Mais tu as un problème. Jamais je n'aurais fait une chose pareille. Je me suis soûlée, un peu trop peut-être. C'est à cause de la gifle que tu m'avais donnée. Ça m'avait tellement effrayée. Tu ne peux pas savoir... J'ai bu pour oublier. Et comme à l'intérieur de moi, ça se bousculait, j'ai pris des petits calmants, et j'ai fait un malaise.

Mais non, le feu, ce n'était pas pour mourir, c'est parce que j'avais froid et que j'ai eu envie de quelque chose de plus romantique que le chauffage central, alors j'ai fait un feu de bois. Parce que j'étais bourrée. Tu ne vas pas en faire un fromage. Ça ne t'arrive jamais d'être pompette? Quand tu bois du chianti avec ta femme? Sois honnête. Pour une fois. Dans ta vie. Pauvre mec.

Et sinon, ta femme, elle n'a pas demandé de mes nouvelles? Je n'ai reçu aucune fleur pour le

moment. Même du père du petit. Alors lui, il
adore les gouines défoncées, mais il n'a aucune
pitié pour les hétéros pompettes. Tant pis pour
lui, écoute. Tu veux bien être le père au moins,
Simon?

Je ne sais pas si ça s'appelle syphilis ou blen-
norragie, mais je puis affirmer qu'il y a
chtouille. J'ai mon grenier ravagé par du
microbe. J'entends Maman Perle qui nettoie les
murs rongés par le champignon. Elle frotte, elle
lustre. Et Papa Whisky s'est transformé en poil
à gratter. Il marche dans moi et ça me démange.
Je suis tranquille, je ne peux pas le pisser mon
Papa Whisky, ça fait trop mal.

Dis donc, Simon, c'est ta femme qui trimbale
des chtouilles pareilles? Il va falloir la traiter,
hein... Je sais que tu adores les cèpes, mais
quand même. De là à les cueillir entre ses pattes
et à faire ton potager à l'intérieur de moi. Et
puis ils sont assaisonnés ceux-là, bien relevés,
bien piquants, goûteux comme on les aime.

Et tu oses me demander avec qui je suis
encore allée coucher pour avoir une infection
pareille? Désolée. J'étais à l'hôpital, je n'ai couché avec personne. Je te rappelle que j'attends
un bébé.

Si. Si. Si, je suis enceinte. Je ne l'ai pas
inventé. Tu es trop méchant Simon. Vas-y...
Dis-moi pourquoi j'aurais inventé un truc
pareil? Il faudrait vraiment ne pas être très équi-

136

librée pour mentir à ce point. D'ailleurs, je me fais du souci pour toi, parce que parler de mensonge quand on te parle d'amour, c'est pas bon signe. C'est prémice de dérèglement. Déréglé va.

Et puis tu vas y aller tout seul à ta foire aux livres de dimanche. Je déteste te voir quand tu viens de dormir avec ta femme. Ou alors on reste ensemble dimanche soir.

— Tu es d'accord? On reste ensemble dimanche soir, Simon?

— Non, chérie. J'ai un vieil ami qui, comme tous les gens qui travaillent la semaine, ne peut me voir que le week-end.

Eh bien alors, tu y vas seul à ta foire, et tu vas raconter tes mensonges à quelqu'un d'autre. A la grosse brune qui ne parle que d'elle, dont la rencontre date de la dernière foire, celle où je suis allée, radieuse, pensant que j'allais devenir ta femme. Elle te tournait autour, la salope. Et toi tu avais l'air d'un coq en rupture de cartes de visite. Je t'ai même rendu celle que tu m'avais tendue la première fois, pour que tu puisses la lui donner. Ça aurait été dommage de ne pas la revoir. Tu pourras toujours la sauter, le jour où mon beau cul commencera à te manquer.

Parce que c'est fini, Simon. Je vais reconquérir Théo, le gentil qui te déteste, parce qu'avec ta présence tu m'empêches d'être à lui. Et je suis seule, sans toi, sans lui. J'avais droit à autre chose. J'avais droit à l'amour. Qu'as-tu fait de mon amour? Je peux t'arracher ton ombre.

Théo, je glisse vers toi, subrepticement, je me fonds à mesure vers toi et tu disparais. Tu ne veux pas d'une fille qui couche avec un autre, tu ne peux plus partager, il faut que je me décide et moi je fais des suicides, je me dis que ça va vous faire vous attacher à moi d'une manière qui me permettra de choisir, et rien ne bouge. Même l'enfant est immobile, c'est à se demander si la vie continue.

Pour un monde plus coloré, il faudrait songer au transfert de grenier. Je me suis transféré celui de Simon à l'hôpital, mais il était tellement en moi que ça n'a rien changé. Il occupait déjà toute la place. Je vais baiser d'autres greniers. Je vais m'implanter de tout. Du clodo, du chinois, du religieux. De l'universel. Mon grenier aura une utilité culturelle pour tous ceux qui, désormais, le visiteront. Ils y verront du pays, en garderont quelques impressions, et y laisseront un peu de leur cœur et pour certains, même, de leur corps.

— Ça te dérangerait Simon, que je me tape des mecs?

— A ton avis chérie?

— A mon avis, pas le moins du monde. Est-ce que ça me dérange, moi, que tu te tapes ta femme?

— Pourquoi? m'a dit Simon. Je ne te satis-
fais pas? Tu en veux plus?

— Oui, j'en veux beaucoup plus. Je ne peux
plus supporter de te voir quelques soirs dans la
semaine sans dormir avec toi, d'avoir droit à
deux heures le week-end, en dehors des temps
de repas, et jamais pendant les vacances. Je ne le
supporte plus. Je m'ennuie profondément.

— Mais on se voit, chérie, tu exagères... Et
puis tu sais, je travaille tellement.

— Oui, tu travailles. Eh bien, Théo aussi, il
travaille. Mais le soir, il me sort, la nuit, il me
baise, et le week-end, il me fait faire du sport, il
me promène, il m'aime. Lui. Enfin, il m'aimait.
Et il me manque. Si tu veux savoir. Alors toi,
déjà, c'est tout vu. On ne se voit plus le week-
end, ça m'énerve. Alors on se verra dans la
semaine, si je n'ai pas autre chose à faire, un
bébé par exemple, ou une autre personne à voir.

— Tu vois... Tu l'avoues toi-même que tu
n'es pas enceinte, a dit Simon.

Simon, tu es nul. C'est même pas la peine
d'insister. On invente qui on veut dans sa tête,
pardon d'avoir inventé avec mon ventre ce que
je désirais le plus avec mon cœur. On ne se
comprendra jamais, Simon. Les gens ont raison,
ça doit être à cause de l'âge.

J'allais retrouver Simon à la fac, et j'ai rencontré un clochard, qui fumait assis devant une banque. Il m'a parlé de sainte Claire et de saint François d'Assise, et comme ça durait très longtemps, je me suis accroupie devant lui. A part qu'il puait, il était très beau. D'ailleurs, l'odeur n'a rien à voir avec la beauté. En fait, c'était le plus beau clochard que j'aie jamais vu, et c'était aussi celui qui sentait le plus fort, malgré les subjonctifs imparfaits qu'il employait avec précision dans ses diatribes auxquelles il n'accordait, qu'avec parcimonie, quelques respirations, le temps de rots bien secs. Il aurait roté gras, tout cela aurait été très différent. Mais son rot ne m'ayant pas écœurée, j'ai décidé de l'inviter à déjeuner et de laisser Simon m'attendre dans son bureau de la fac. Je lui avais demandé de me donner rendez-vous là-bas... Il m'excitait vraiment trop avec son bic rouge, il fallait que je voie de quoi il pouvait avoir l'air, son bic rouge en activité.

Le clodo s'appelait Anthoine, avec un h. Il ressemblait à Jean-Hugues Anglade et me passionnait avec ses récits d'aventures. Il me parlait du caniveau comme les dadames parlent de leurs cours d'histoire de l'art, avec chichis et mystères, enthousiasme et prétention. Comme elles, il pensait : Vous ne pouvez pas comprendre, ce serait trop long à expliquer.

Lui, il n'a pas été long à m'exciter. Je lui ai demandé s'il pouvait se passer une nuit du caniveau, si une chambre d'hôtel lui ferait plaisir, pour un petit bain, et une petite pipe. Il a souri, il a dit oui.

Je l'y ai laissé tout l'après-midi, le temps d'aller retrouver Simon dans son bureau très excitant. Lui boudait, parce que j'étais en retard. Alors je l'ai quitté rapidement, en lui disant que je détestais qu'il me parle mal.

J'ai retrouvé Anthoine à l'hôtel. Il avait fait monter des croque-madame, et j'avais apporté des capotes. Il était tout propre, à part ses ongles. La chambre était humide et savonneuse. J'ai défait le couvre-lit et je lui ai très doucement proposé de me prendre. Il n'a pas dit non. Pendant qu'il me baisait, je me demandais si c'était très bon pour mon grenier, cet amour capoté. Rien n'allait y pénétrer. Alors j'ai pris de lui avec mon cœur, avec mes yeux et mon esprit. Je lui ai volé son âme. Et je ne commettais pas d'erreur. Elle allait simplement épouser la mienne et peut-être à nouveau lui donner forme humaine.

142

Je prenais sa force, son don de vie, sa magie contre le froid, sa résistance contre les autres, je prenais tout ce qu'il avait bâti contre les gens comme moi. Je lui aurais tout donné, mais il n'en avait pas besoin, il était cette propreté, ce bout de savon qui fait tomber la saleté des hommes. Il était détendu et moi, je serrais les poings. Je pensais qu'il me ferait mal parce que je possédais plus que lui et lorsque j'ai compris que je n'avais rien et qu'il avait tout, j'avais déjà joui et je n'avais pas eu mal.

Dans mon grenier, c'était salé, il y avait plein de larmes qui coulaient, et c'était tiède, comme un câlin. Maman Perle et Papa Whisky fabriquaient une jolie maison, une vraie, solide, indestructible, comme celle du creux de la prairie. J'avais perdu toute ma rancœur, il m'avait apporté la paix. Anthoine, tu m'as baisée une fois, mais tu ne me quitteras plus jamais. Et pour la première fois, je le dis sans violence.

Dis donc, Simon. Qu'est-ce que tu fous? Ce n'est pas ton cigare qui pue qui va emporter le soleil de mon grenier. Il fait grand bleu, ne commence pas à y foutre des nuages. Si tu vois ce que je veux dire.

Oui, je veux un enfant. C'est comme ça. Tu te doutais bien que ça me prendrait un jour, non? C'est vrai, il y a six mois, je n'en voulais pas. Eh bien aujourd'hui, j'en veux un. J'ai trouvé quoi lui raconter. J'en veux un vrai, un petit chauve avec la peau très douce et les yeux clos, que j'enfanterai dans la douleur, en pensant à toi qui liras dans la salle d'attente.

Je suis désolée. J'aurais préféré que ça marche avec Théo, mais Théo n'aimait que les enfants des autres, et il détestait ton existence. Je n'ai rien pu faire. Sinon, bien sûr que ce bébé, je l'aurais fait avec lui. Tu t'en doutes.

Je sais très bien que le faire avec toi, c'est me condamner à une vie chiante, parce que tu vas t'angoisser, tu vas avoir l'impression que ça ronge ta vie, alors tu ne donneras aucun biberon et tu ne changeras pas les couches.

— Tu ne lui donneras pas le sein? a demandé Simon.

— Ce n'est pas prévu, ai-je répondu. Ce sont mes seins, et je te les prête, et je nous les garde.

— Dommage, a ajouté Simon.

— Quoi? Pourquoi tu dis ça?

— Ça m'aurait excité de te prendre pendant qu'il tétait.

— Oh, mais tu dis « il », mon amour, et ce sera peut-être une fille, mais ce sera notre enfant, tu es d'accord n'est-ce pas? Je ne te mets pas la pression au moins?

— Mais qu'est-ce qu'on va faire d'un enfant? a demandé Simon.

— Rien voyons, lui ai-je dit. C'est pas fait pour servir. Qu'est-ce que tu fais de ton fils? Moi je sais ce que j'en fais de ton fils, mais toi?

— Qu'est-ce que tu veux dire?

— Rien, Simon, rien. Des bêtises. Je suis heureuse tu sais, je suis heureuse pour cet enfant qui va avoir des parents comme nous.

Quoi? Comment ça il faut que tu rentres chez toi? Alors là, excuse-moi mais pour la première fois, je m'interpose. Cet enfant ne sera pas fait par correspondance, je veux qu'il soit, dès la rencontre de ton spermatozoïde et de mon ovule, élevé avec ses deux parents. J'ai dit les deux, là,

146

tendres, attentifs. Aucune querelle en présence de l'enfant. On est bien d'accord?

— Oui, mais là il n'est pas fait alors tu te calmes, tu vas tricoter un peu et on en reparle. Salut chérie, a dit Simon en refermant la porte.

Ça ne se passera pas comme ça. Non. Cet enfant, tu vas me le faire et tu vas l'élever. Tu ne m'installeras pas dans un petit appartement avec lambris et toit poutré où tu passeras nous voir de temps à autre, tu ne partiras pas en voyage en me laissant avec lui à t'attendre. Je vais te la faire, la phrase à dire à ta femme : « Je te quitte. Je ne t'aime plus. J'en aime une autre. Démerde-toi. Il est grand temps. D'ailleurs. Si tu pleures je t'en colle une. »

C'est vrai, quoi. Si madame est mutée à Paris, comment on va faire? Tu vas me dire que ce n'est pas important, qu'elle travaillera la journée, et que toi, tu seras comme d'habitude très libre? Ça fait un an que tu te pâmes devant la progression superbe de notre histoire, tout étonné que je ne remarque pas les bonds en avant de notre relation. Mais moi, ça fait tout ce temps que je me contente de quatre soirs sur sept, alors le jour où il va falloir ajouter aux week-ends les soirs, c'est pas pour dire, mais je vais avoir du mal à jouir. Mon idéal pour ces choses, c'est entre dix-neuf heures et vingt et une heures, puis de vingt-trois heures à sept heures du matin. Entre onze heures du matin et cinq heures de l'après-midi, je suis comateuse, je ne sens rien, il y a trop d'agitation dans le monde, alors dans mon grenier, ça ne peut pas se contracter.

Oh Théo... Toi au moins tu n'avais pas de femme. D'accord tu ne voulais pas d'enfant, mais tu avais des chiens, c'était mieux. Ça me donnait du bonheur, toute cette chaleur. J'aime le petit animal tout tendre qui se blottit comme un grenier, qui se cherche comme un grenier, qui se déploie comme un grenier. Une petite chose en liberté mais qu'on a voulu enfermer.

Théo, tu me manques. Tu me manques parce que dans mon grenier, je n'ai rien de toi, tu n'as rien laissé. C'est pas facile la vie sans toi, je pensais que Simon suffirait. Je déteste que tu n'appelles pas. Fais-moi un signe, reviens... Tu vois pas que je te tends la main ? On avait tout pour vivre heureux, le mode, le temps, deux trois verbes à nous dire. Je suis désolée.

Oh Simon, tu me gonfles. Oui, c'est ça... Arrive à vingt heures, repars à minuit. Pas de problème, j'ai la télé. Mais oui, tu me baises si tu veux, j'espère que tu as fait traiter ta femme, ne me colle pas son infection une deuxième fois, je n'y survivrai pas. Elle est coriace, la garce, pour résister à des trucs pareils.

Quoi je veux plus, je veux toujours plus ? Je ne t'ai rien demandé. Mais j'en ai marre. J'en rêve du quotidien qui angoisse la terre entière, tu m'entends? Je rêve de te voir rentrer accablé par la fac, de te voir t'affaler, boire ta bière et roter, et ça, devant la télé, je rêve d'être ignorée pendant que je fais le repassage, de faire un bon dîner sans entendre un merci, de me faire belle sans que tu le remarques, de changer de maquillage sans que tu me dises j'aime tes yeux. J'ai envie de passer toutes mes nuits avec le même homme qui rêve à d'autres, j'ai envie de me stabiliser et d'installer dans mon grenier le petit bébé.

J'ai rencontré André, un peintre bêtabloqué. Il m'a vue dans la rue, m'a suivie un moment, est entré chez le marchand où j'achetais mes fruits, et m'a demandé si ça m'intéresserait de poser pour lui. J'ai fait la fille gênée, la fille pas de ce genre-là, et puis j'ai pris son nom, son numéro, sa voix. J'ai adoré sa voix. Il m'a donné rendez-vous.

Dans son bel atelier, il m'a montré son art. J'ai regardé, ça ne me parlait pas couramment, mais j'ai trouvé ça chouette. Maman Perle, qui adorait la peinture, a grimpé derrière mon œil et écarté ma pupille comme un rideau, pour mieux contempler les tableaux d'André, mais elle m'a fait très mal. J'ai posé ma main sur mon œil, je me suis assise. J'avais l'impression d'avoir cette fichue pupille non réactive depuis le dernier pétard, et je me sentais nerveuse. André m'a servi un whisky et m'a proposé de commencer.

Je lui ai demandé s'il fallait que je pose d'abord ou après avoir baisé.

Il a dit :

— On ne baise pas, au boulot, qu'est-ce que tu croyais ?

J'étais tellement contente qu'on aime mon corps que pour ses contours que j'ai failli le violer. Je me suis donnée, j'aurais voulu que Simon voie ça. Et puis Théo, ça l'aurait peut-être fait revenir. André a éjaculé tout ce qu'il pouvait sur la toile. A la fin, j'étais dans l'angle du mur, les jambes entre mes bras, le regard un petit peu con d'avoir tellement posé, et il s'est approché.

— Tu es trop belle, il a dit. Je n'avais jamais vu ça.

Et il m'a caressée, il m'a couchée, il m'a bordée, il m'a embrassée, et il ne m'a pas baisée. Mais ce n'était pas par manque de désir finalement, mais par excès de bêtabloquants. Monsieur ne bandait pas, et ce qu'avec d'autres j'aurais vécu très mal s'est trouvé avec lui être quelque chose de bon.

André avec son zizi très mou me faisait un bien fou, il ne pensait qu'à moi, je ne pensais pas à lui, je pensais à mon enfant, j'en voulais un dans mon grenier. Il avait déjà un petit meublé où s'installer avec ses grands-parents qui l'attendaient et maintenant que ma mère et Mlle Hortense avaient laissé le champ libre...

— André, tu as des enfants ?
— Oui, m'a-t-il dit, j'en ai quatre.

L'aubaine. André avait quatre enfants, alors

152

je n'ai rien dit et, à partir de ce jour-là, j'ai décidé de le faire bander pour lui en faire un cinquième, dans le dos.

J'ai posé en string de cuir, j'ai posé avec un hochet, avec les doigts, sans les doigts, avec la bouche, avec mes règles, j'ai fait pipi. J'ai attendu de voir un peu ce qui pourrait le faire bander. Or André s'émouvait dès que j'étais habillée. Il me disait : « Qu'est-ce que t'es belle, j'ai envie de toi. » Et le temps de me déshabiller, son élan mourait.

Je vins donc à l'atelier en bas et sans culotte, avec ma bouche bien rouge légèrement estompée. J'attendis patiemment qu'il montre son envie pour l'enfourcher d'un coup. Je l'avais ce bébé.

Dans mon grenier, il y a un bébé. Cette fois c'est sûr, je vais l'annoncer. Il est dans mon ventre très propre, Maman Perle a tout fait briller, Papa Whisky, assis sur mon col, chante des berceuses, et ça endort le bébé. Maman Perle empêche la cohue de s'installer, et quand parfois une queue fait rage, elle la somme de s'arrêter. « Sortez de là immédiatement, il s'agit du corps de ma fille, et elle porte un enfant, je ne veux pas de cochonneries, revenez dans neuf mois. » Elle me fesse l'intérieur, du coup je leur mords la queue, mon plaisir n'a pas de suite et le leur est terrible. Elle me fait rire, Maman Perle, quand elle s'offusque.

Bon, alors, qui en veut de ce bébé ?
Théo... Tu sais, je suis enceinte. De combien de temps ? Un mois, pourquoi ? Comment ça alors il n'est pas de toi ? Et si c'est une fille ?

Non plus? Tu décrètes que tu n'as rien fait? On n'a jamais couché ensemble peut-être? Je rêve. Et alors? Ce n'est pas parce que ça fait plus d'un mois qu'on n'a pas couché ensemble qu'il n'est pas de toi. C'est l'amour qui fait les enfants, pas le sexe, tout le monde le sait. Bon. Tu ne veux pas être le père? Tu le prends comme ça? Eh bien d'accord, oublie ce que je t'ai dit. Enfin, si un jour tu me demandes un service, il ne faudra pas t'étonner que je refuse. Salaud.

Quoi, je suis dérangée? Excuse-moi mais il y a de quoi. Tu m'as quittée parce que j'avais eu l'honnêteté de te dire que j'étais avec Simon. Tu ne veux pas mon enfant parce qu'il est d'un autre... C'est dingue ça.

Simon, tu vas être père. Oui. Et puis tu n'as pas trop le choix. Je ne peux quand même pas aller voir ton fils et lui dire que le bébé est de lui. Ça fait trop longtemps, et puis avec le coup du faux numéro... Et puis un père de vingt-cinq ans, je ne sais pas ce que ça peut donner en qualité d'amour. Je me demande.

Ça t'a autant rasé ton premier enfant? Tu comptes faire la gueule encore huit mois, Simon? Je ne peux pas abréger le temps. Il faut attendre. Alors autant attendre dans la gaieté. Je ne sais pas moi... Chante.

Il n'y en a qu'un qui se réjouit. C'est André. Il ne saura jamais qu'il est le père, il m'aura fait

cet enfant sans discuter et il est ravi pour moi.
On en parle tout le temps, il peint mon ventre
encore plat. Pendant que Simon boit des whis-
kies, et oublie de me téléphoner.

Je suis très enceinte Simon, tu sais. Je ne plaisante plus. Qu'est-ce que je vais faire de toi si tu
bois ? Le bébé sent tout, c'est André qui l'a dit.
Mais oui... Tu sais bien, André, le peintre que
j'ai rencontré.

Tu es nul de dire des choses comme ça. De
toute façon, je ne vois pas comment ça pourrait
être lui le père, il ne peut pas bander. Comment
je le sais ? A ton avis ? Qu'est-ce que t'es con...
Parce qu'il me l'a dit. Non, il ne s'est pas vanté.
Il m'a expliqué. D'ailleurs, si tu pouvais
m'expliquer pourquoi tu bois. C'est pour faire
artiste ?

— Oui, a dit Simon, c'est pour faire peintre.
D'ailleurs ça y est, tu ne me fais plus bander.

Et moi, des blagues comme ça, ça me
déchaîne. « Pourri ! je lui ai gueulé. Viens ici,
maintenant c'est moi qui vais te casser la
gueule. Tu me dégoûtes, tu n'as plus rien de ce
que j'aimais en toi, tu t'es laissé aller, je te
déteste. Rentre chez toi, lire les magazines fémi-
nins de ta femme. Pauvre femme, qui lit des
journaux pour femmes, ça doit être ça qui la
rend tellement femme. Simon, tu ne veux pas lui
demander d'acheter *Moi et mon bébé,* ou
Famille jolie, ça pourrait t'aider. »

J'ai le grenier plein de bulles, on dirait que j'attends un poisson rouge. J'ai l'impression d'être pleine d'eau, que tout est zen à l'intérieur, c'est une eau qui ne mouille rien, juste un liquide qui fait tampon, une bulle molle en apesanteur. Tous les papiers sont ordonnés, les gens, les choses. Je n'ai mal nulle part. C'est très bizarre. Mes boyaux sont en bolduc, mes viscères en tissus précieux, mon bébé pousse au milieu et va éclore comme une fleur. Même mes restes n'ont pas d'odeur, alors je suis une fleur.

Ça fait trois mois. Je prépare sa chambre, je veux qu'elle soit comme mon grenier, en bolduc et tissus précieux, avec des papiers ordonnés. J'ai accroché une petite perle au rideau du berceau tout blanc, et j'ai placé une mignonnette de whisky sous le matelas. J'ai mis la photo du papa sans cadre, là, sur le tabouret, du parfum dans un vase. Et puis une bouillotte sous les draps, je voulais déjà le sentir, tout chaud. Lui caresser son petit dos.

— Tu n'es pas superstitieuse, a dit Simon.

— Pourquoi?

— Parce qu'il y a des mères qui préparent les affaires du petit au neuvième mois.

— Ne dis pas « petit », Simon, je n'attends pas un animal. Et je ne vois pas ce que ça change de préparer la chambre maintenant.

— Tu as raison, a dit Simon. S'il doit crever, il crèvera de toute façon.

— Mais pourquoi tu dis des choses pareilles? Tu vas me torturer longtemps?

— Aussi longtemps que tu seras enceinte, et puis quand tu seras mère aussi. Je ne veux pas d'enfant.

— C'est pas vrai, Simon. Tu l'avais dit... Tu m'avais dit que c'était la première fois depuis vingt-cinq ans que tu avais envie de faire un enfant à quelqu'un, et ce quelqu'un, c'était moi. Je peux te dire dans quels endroits tu l'as dit, combien de fois tu l'as répété, comment mon sourire faisait mouiller tes yeux. Tu me fais mal.

Il m'a prise dans ses bras, il a demandé pardon, il a dit « ça va aller », il est parti.

J'en ai rien à foutre. Moi, je suis enceinte. Et dans cet état, je me sens capable d'exploser le monde entier.

C'est bon, ce lait qui se fait en moi. C'est fluide, c'est simple, délicat. Mon grenier est une pouponnière mais sans murs peints, sans cris, sans larmes. C'est un refuge pour les enfants. Je vais mettre une couche à la bouillotte. Si tu fais pipi, ce n'est pas grave. Est-ce que mon bébé fait pipi dans moi ? C'est vraiment parce que c'est lui que je ne dis rien, parce que ça, c'est le genre de trucs que je déteste. Si un homme me faisait pipi dans le grenier, je compterais sur tous ses occupants pour les représailles. Papa Whisky avec son zizi et Maman Perle avec un entonnoir et Simon avec sa queue balanceraient un jet collectif vers l'homme qui aurait osé. Ça lui ferait un courant aussi fort qu'un jet sur des rails.

Les excréments de mon enfant sont propres, cet être est sans péché, le mal est dans son père. Dans mon grenier, c'est un dessin animé, même le caca est bleu et rose. Mon bébé, c'est Caliméro, il a encore sa pauvre coquille retournée sur le crâne et il est tout timide.

Un jour, ça me tombera dessus. La directrice de l'école me donnera rendez-vous pour parler de mon enfant. Elle me dira qu'il a un comportement bizarre, qu'il n'aime pas les jeux collectifs, et qu'il se montre distant envers ses petits camarades. Elle me conseillera de le confier pour quelques séances à la psychologue de l'école. Et mon petit enfant se verra forcé de répondre à des questions débiles décryptant son cerveau, et ce, au vu et au su de tous les autres, qui l'auront vu quitter la classe pour une demi-heure de *brainstorming* avec la psychologue et ils se foutront de sa gueule à la récré.

— Simon, notre enfant n'ira pas à l'école. J'ai décidé que nous l'éduquerions nous-mêmes. Tu lui enseigneras le droit, et moi, la poésie et le ménage.

— Il va aller loin avec ça, a dit Simon.

— Si tu connais autre chose, tu peux toujours le lui apprendre. Je n'ai rien contre. J'ai fait le programme dans la limite de nos capacités, ai-je répondu.

— Eh bien, apprends-lui à baiser alors, a dit Simon.

— C'est tout ce que je sais faire, c'est ça? ai-je demandé.

— Mais non, chérie, calme-toi, c'était de l'humour.

— C'était drôle d'ailleurs, Simon. Et si, toi, tu lui apprenais l'anglais? Qu'est-ce que t'en penses?

— Tu te fous de moi... s'est inquiété Simon.

— *Not at all, my sweet darling. It was a joke. Just a joke of course. Of course,* ça veut dire « bien sûr », ça ne veut pas dire « va faire les courses », je précise, hein. Remarque, il va falloir commencer à y penser à l'argent des courses. Tu viens habiter ici? Comment fait-on?

— Chérie, on va y réfléchir. Je pense que le mieux, c'est que, pour le moment, on reste chacun chez soi, et que je continue à venir te voir, à venir vous voir, comme cela, quotidiennement. C'est plus sain, pour l'enfant, pour toi aussi.

— Et pour ta femme. En fait, Simon, tu te sacrifies pour nous? Tu gardes ton appartement avec ton fils et ta femme. Nous, on reste ici. Qu'est-ce qui a changé?

— Que tu vas avoir un bébé, a dit Simon.

— Ah oui. Eh bien je n'avais pas vu ça comme ça, mais alors vraiment pas. J'ai un enfant, mais nous deux, c'est toujours aussi foireux, c'est ça?

— Mais ce n'est pas foireux, chérie, pourquoi dis-tu ça?

— Tu te fiches de moi, Simon? Tu me laisses chez moi avec notre enfant, et tu vis chez

162

toi avec ta famille, et tu ne vois pas ce qui me gêne. Tu n'arrives pas à lui dire, c'est ça ? Mais je t'avais expliqué ce qu'il fallait que tu lui dises : « Casse-toi, j't'aime plus. » Tu l'aimes toujours ?

— Non, a dit Simon offusqué.

— Alors pourquoi est-ce qu'on ne vit pas ensemble ?

— Pour ne pas abîmer l'amour, chérie.

— Ce sont des conneries, ça, Simon. Surtout vu l'état de notre amour. Tu cherches des prétextes.

— Je n'aime pas le quotidien, on ne tiendrait pas huit jours.

— Et qu'est-ce que c'est, Simon, ce que tu as instauré entre nous, à part un quotidien ? Tous les soirs le même temps, la même rengaine de musique, le même dîner, la même moquette. Tu les trouves exotiques, nos rencontres ?

— Oui, chérie. Je me relaxe chez toi, j'aime bien, on est tranquille.

— Oh ça, pour être tranquille... Chaque fois que je te vois, j'ai mon grenier qui déménage. Tout ce raffut à l'intérieur pour te faire réagir et toi, tu es tranquille pendant que je te crie « je t'aime ». Moi, je suis malheureuse, je voudrais Théo, je voudrais aller au cinéma, et puis après marcher au bord des rues, l'embrasser sous un pont...

— C'est original, a coupé Simon.

— ... Qu'il passe la nuit avec moi, qu'il me prépare mon café, que je l'accompagne jusqu'à la porte, qu'il me promette de venir dîner et qu'il m'appelle dans la journée.

— Tu es folle, a dit Simon. Tu sais très bien que tu as besoin de liberté.

J'ai de l'espace à l'intérieur de moi, mon espace, ma société, mon hobby. Je peux m'y retrouver seule quand je veux, alors autour de moi, je voudrais un homme qui reste.

— Tu sais, André, Simon n'est pas gentil avec moi. C'est pourtant mauvais pour une femme enceinte les contrariétés, je ne sais plus ce que je peux faire.

— Me montrer ton cul, a répondu André. Ma chérie, j'en ai assez de peindre ton ventre.

Je me suis retournée et je l'ai laissé m'enculer avec son pinceau.

— Tu ne veux pas peindre mon grenier? lui ai-je demandé.

— Je n'aime pas les paysages, ma chérie. Je n'aime pas les décors.

— Mais mon grenier est particulier, lui ai-je dit. Mon grenier est là, ai-je insisté en pointant mon doigt sur mon ventre. A l'intérieur de là. Je me le suis représenté, et j'aimerais bien savoir comment, toi, tu le perçois.

— C'est bizarre ton idée, a dit André.

J'ai poursuivi :

— Au début, quand j'ai eu mon grenier il était bordélique, et puis il a été sale, comme une prison, et il a senti mauvais, et il a été bourré, et maintenant qu'il y a le bébé, je le vois comme un arc-en-ciel. Tu me le peindras? Tu y réfléchiras?

— D'accord, a dit André. Mais de dos alors...

André a fait deux toiles, une avec un rond noir, on aurait dit un pneu, l'autre avec plein de cases rectangulaires, un peu comme je me représentais le cerveau, mais pas mon grenier. Une case rose, une case rouge, une case noire, et puis tout à coup une case avec des verts différents qui formaient des vers. De terre. Et puis plein de cases noires, et une case avec de l'eau jaune. Le tout dans un ensemble rond traversé de haut en bas par les boules de ma colonne vertébrale.

— Je suis un peu déçue, ai-je dit à André. Je ne m'attendais pas du tout à ça. J'imaginais davantage une pièce, tu vois. Un vrai grenier, avec des petits escaliers, des petits étages, des grands espaces, puis plein de choses entassées. Des fenêtres, des ascenseurs mécaniques, de l'agitation ici, et du calme là-bas. Tu vois ce que je veux dire?

— Oui, a dit André, mais c'est comme cela que je le vois, ton intérieur. Je ne vois pas du tout ce que tu décris, toi, mais peins-le, ça peut être intéressant.

— Je ne sais pas dessiner.

— Essaie, a dit André. Je t'aiderai si tu as des problèmes, mais essaie.

166

— Qu'est-ce que tu fabriques? m'a demandé Simon.

— Je peins, je me peins.

— Je n'avais jamais remarqué que tu ressemblais à ça. Tu devrais peut-être te remettre à écrire des livres plutôt, non? a-t-il dit.

— Des livres sur rien? C'est ça que tu penses, Simon? Des livres qui ne racontent pas d'histoire, qui divulguent deux trois états d'âme?

— Oui, tu sais les faire. Mais peins si tu veux, chérie, je ne t'empêche pas. Ça ne peut nuire à personne, du moment que tu ne vises pas le Grand Palais.

— Oui, eh bien justement, Simon. André m'a proposé d'exposer mes toiles dans sa salle de cours.

— Chérie, je te rappelle qu'André, il est sous bêtabloquants, alors peut-être qu'il l'a vu flou, ton tableau, ou autrement, mais à mon avis, il ne l'a pas vu comme ça. Ou alors, il veut te sauter. Ou alors, il n'a pas assez d'humour pour faire rire ses élèves sans support.

— Mais qu'est-ce que ça te fait, Simon, de me dire tout le temps des trucs dégueulasses, ça t'excite?

— Mais non, chérie, je me moque de toi, c'est tout.

— Tu veux que je te dise? je lui ai crié... Mon tableau, si tu n'y comprends rien, c'est parce qu'il est en anglais.

— Et qu'est-ce qu'il représente?

— *Something very special, very personal, very sensitive.*

— Arrête. Parle en français.

— *Fuck.*

— Bon, chérie, si tu continues, je m'en vais.

— *One day, I will kill you.*

— Chérie...

— *Yes, darling?*

— Bon, tu arrêtes maintenant, ça va... Trêve.

— *If you came for dinner, there is nothing to eat tonight. The bar is closed. The barmaid is painting.*

— Allez, a dit Simon en me prenant dans ses bras, il est beau ton tableau. Mais tu devrais mettre plus de blanc, il est trop rouge, ton rouge. Ça effraie un peu.

— Après, je vais peindre ta femme.

— Si tu veux, chérie... Si ça peut te faire plaisir.

Oh, Simon... C'est si moche entre nous, tu as vu comment on se parle, on dirait un vieux couple. On se parle mal sans avoir jamais rien eu qui puisse abîmer. Comment font-ils, les autres? Et pourquoi ce bébé ne sert-il à rien contre ça? Peut-être parce qu'il n'est pas de toi.

J'aurais tout donné pour te peindre en pastel, mais je n'ai que la caféine du fluide de mon amour. Je n'ai plus de tendresse, je ressens de la haine, un franc dégoût, et un besoin, avec toi, d'aller encore plus loin.

Et Théo me manque encore. Je l'ai peint, c'est bien la preuve qu'il n'était pas une passade. Et je l'ai peint en pastel, assorti au bébé. Puis j'ai fait une bêtise. J'ai avalé du rose. De l'écarlate et du blanc. Je pensais que ça m'avait un peu passé, surtout depuis que j'étais enceinte, mais je n'ai pas pu résister. J'avais fini la toile de mon grenier et ce que m'avait dit Simon me taraudait, il trouvait ça trop rouge. Ça m'a mise mal à l'aise, cette violence, toute cette chair, et j'ai voulu changer les choses, qu'elles soient plus douces pour mon bébé. Je savais qu'il était bien emballé dans sa protection d'eau solide, que Maman Perle veillait. Je me suis peint l'intérieur. Et maintenant c'est l'horreur, j'ai peur.

— Allô, André ? J'ai fait une connerie, j'ai confondu mon pot de peinture avec mon verre de jus de fraises. Tu connais un moyen pour que je me désinfecte sans attaquer l'enfant ?

— Mais ma chérie... Qu'est-ce qui t'a pris ?
Tu as mal ? Ça te brûle ?

— Non.

— Elle venait d'où, ta peinture ?

— De chez Simon.

— Il peint ?

— Non, mais il habite au Monoprix. Et tout
en haut, on trouve de la peinture.

— Ton mec habite au Monoprix ?

— Oui. C'est un triplex. C'est toujours là
qu'il me donne rendez-vous. C'est sympa. Moi
je passe par la caisse, les autres ont droit à son
arrière-boutique, mais bon, ce n'est pas le
moment de revendiquer. Je fais quoi pour la
peinture ?

— Tant que tu n'as mal nulle part, tu bois de
l'eau. Bois énormément, lave-toi. De l'eau
minérale, hein. Ne t'affole pas, mais n'oublie
pas de boire.

Et dès que j'ai mal, qu'est-ce que je fais ?

Pas de panique. Repose-toi, et bois.

— Simon, tu ne veux pas me torturer, s'il te
plaît... Tu connais la torture de l'entonnoir ? Tu
attaches mes bras, et mes jambes, et tu me
verses de l'eau dans la bouche.

— Dis-moi une chose, a dit Simon... Tu
n'étais pas enceinte récemment, chérie ?

— Si, Simon. Mais justement. Il faut laver le
bébé.

— Tu le laveras quand il sortira. Qu'est-ce

qui se passe ? Tu vas me faire des plans comme ça tous les jours ?

— J'ai soif, Simon.

— Bois, chérie, si tu as soif.

— Oui, mais je n'ai plus assez soif pour boire encore dix litres, alors tu dois me forcer.

— Oh, écoute, débrouille-toi, tu me fatigues, petit chat. Tu-me-fatigues.

— *Please,* Simon... *Give me some water.*

— Ne recommence pas...

— J'ai avalé de la peinture, il faut que je la fasse partir.

— Je rêve... Pourquoi, chérie, as-tu avalé de la peinture ?

— Parce que je voulais un bébé rose.

— Tu l'as fait avec un Black, et tu veux me faire croire que c'est le mien, c'est ça ?

— Non, je l'ai fait avec un peintre, Simon, et je te fais déjà croire que c'est le tien.

— Très drôle... Bon, chérie, tu as vraiment avalé de la peinture ?

— Oui.

— Et tu te sens bien ?

— Oui. Je suis un peu angoissée, c'est tout.

— Tire la langue pour voir, m'a dit Simon.

Et je lui ai enfoncé ma langue dans la bouche. Ça faisait beaucoup de temps qu'on ne s'était pas embrassés comme ça. Il m'a prise debout dans la cuisine. Et dans mon grenier, le bébé faisait des bonds. Il adorait l'amour. Faute d'être l'enfant de son père, c'était bien celui de sa mère.

France m'a téléphoné. Elle m'a parlé d'amour. Elle a dit des tas de choses sur ce qu'elle pensait de moi, caméléon, volage, tendre, éternelle. Elle était défoncée. Je lui ai parlé de mon bébé. Elle a confondu avec un chien. Elle m'a demandé ce que ça allait être comme race. Je lui ai dit bâtard labrador-pitbull, mélange d'homme et de femme. Elle a reniflé. J'ai raccroché. Voilà tout ce qui me reste de Théo. Ses pauvres copines imbéciles. Mais qu'est-ce que j'ai fait du bon temps?

— Tu es jolie dans ta salopette, m'a dit Simon en me prenant dans ses bras devant le Monoprix. On le voit le bébé, maintenant. Tu es grosse.

— Non, Simon, je ne suis pas grosse, je suis déformée.

— Oui c'est vrai, pardon. Tu es déformée et susceptible.

— Et ta femme, Simon, elle était susceptible quand elle était déformée ?

— Je ne me rappelle pas.

— Et est-ce que je vais faire un enfant susceptible ? je lui ai demandé.

— Ça dépend.

— Ça dépend de quoi ?

— De comment tu l'élèves.

— On va l'élever ensemble Simon, je te rappelle. Ne te décharge pas de ta part de responsabilité dans la susceptibilité de cet enfant. Quand est-ce que je peux venir m'installer au Monoprix ?

— Quoi ?

— Oui Simon. Quand est-ce que tu m'invites chez toi ?

— Tu sais que ce n'est pas possible.

— Eh bien alors, je ne veux plus jamais qu'on se donne rendez-vous. J'en ai marre de t'attendre devant le Monoprix. Tu t'es déjà senti déchiré, Simon ? Parce que moi, c'est ce que ça me fait à chaque fois. Je me sens giflée. Tu ne sais pas ce que c'est de faire office de bureau. Répète : « Office. » *Alone in the dark* le weekend, avec le téléphone qui sature dès neuf heures le lundi, explose en milieu de semaine, puis s'étrangle magiquement le vendredi à dix-huit heures. D'abord c'est pas classe, elle a des pauvres horaires de fonctionnaire, la Dame. Je sais, elle, au moins, elle travaille. Mais ça, c'est une réflexion très petite si tu la fais. Et toi, tu es très, très grand au contraire, assez grand d'ail-

174

leurs pour savoir ce qu'il te reste à faire. Et puis aussi, je suis écœurée quand les gens me parlent de chez toi comme si je connaissais. Je n'en veux plus. Tire-toi. De toute façon, un lundi, tu m'aurais trouvée morte.

— Petit chat, a murmuré Simon. Tu es trop fragile. La dernière femme avec laquelle j'étais, elle avait compris toutes ces choses...

— Oui mais, Ducon, la dernière femme en question, elle était mariée. Elle ne passait pas tous ses week-ends seule, à rêver de cinéma, de courses, de promenades. Elle ne passait pas les fêtes seule. Est-ce que, quand tu dînes avec ta femme, quand tu parles avec ta femme, quand tu dors avec ta femme, il t'arrive de m'imaginer, rien qu'une seconde ? Moi, pendant ce temps, je vous imagine. Et c'est pour ça que ce n'est plus possible. Il vaut mieux que tu t'en ailles.

— Et le bébé ? a dit Simon qui, respirant de nouveau, franchissait déjà la rue de derrière le Monoprix.

— *The baby fucks you.*

Le bébé sera un petit garçon. C'est mon grenier qui l'a dit. Et pour l'avoir fabriqué avec tant d'hommes, je ne vois pas comment ça pourrait être une fille. Mais mon grenier est bouleversé. Ça fait six mois. Il s'est retourné. Le bébé a la tête en bas, et il a tout emporté avec lui : les objets font les sabliers, Papa Whisky marche sur les mains, et Maman Perle a le sang qui lui monte à la tête, mais comme elle aime, Maman Perle, elle se fiche pas mal de ses maux, elle donne, et tant pis pour le mal si c'est tout ce qu'elle a en échange. Le bébé renverse mon monde. Les murs se dépeignent, les objets se projettent, tout est remué. Je ne reconnais rien. Et Simon est vraiment parti.

Théo ? Tu ne veux toujours pas devenir père ?... Mais non, ce n'est pas une obsession. Tu aurais pu avoir changé d'avis, c'est tout. Alors je vérifie. Contrôle de routine.

— Allô, Simon ? Je fais une hépatite nerveuse, le bébé devient jaune. Reviens, je t'en prie.

— Tu l'as fait avec un Chinois?

— C'est pas drôle, Simon.

— Il y a de cela quelques semaines, chérie, tu m'as extrêmement mal parlé. Et maintenant, tu rappelles. Qu'est-ce que tu veux, exactement?

— Je ne veux rien, Simon. Juste t'emmerder encore. Ça me manque. Tu as quitté ta femme?

— Non.

— Tu ne le feras jamais?

— Quand ce sera le moment.

— Et un bébé, ce n'est pas un bon moment?

— Je ne sais pas. Et ton peintre, là, il n'a pas envie d'être père, lui? Lui as-tu posé la question?

— Mais comment peux-tu me parler comme ça, Simon, quand c'est de notre enfant dont il est question?

Simon a ri.

— Je te fais rire?

— Oui, chérie. J'adore quand tu t'emballes. J'adore quand « c'est de notre amour dont il est question ».

— Mais est-ce que tu te rends compte que tu me traites très mal?

— Oui, chérie. Mais tu adores ça. Tu l'as cherché, non? Alors prends tout, c'est pour toi. Tu la réclamais ma main sur ta gueule, non?

— Oui, mais maintenant je veux des câlins. Je veux qu'on nous aime, moi et le petit.

— Tu disais que « petit », c'était trop animal, a enchaîné Simon.

— Oui, mais tu l'aimais ce mot, alors je te l'offre, le mot, le petit.

— Bon, chérie, qu'est-ce que tu veux ?

— Que tu sois le papa, une fois pour toutes.

— C'est moi qui gagne alors ?

— Oui, Simon. Tu es le mieux de tous, tu le sais bien. Tu travailles trop, tu es lâche, radin, égoïste, mais tu es le mieux de tous. Et je ne peux pas me passer de toi.

Oui, André... Simon et moi, on est de nouveau ensemble. Mon grenier est en période de
stabilisation. La cabine est pressurisée. Mon
grenier était tout retourné et, depuis que Simon
est revenu, tout s'ordonne gentiment autour de
mon bébé à l'envers. Je ne suis plus maîtresse
en mon grenier, c'est mon bébé qui gère. Tu
vois comme il prend soin de moi? Comme il
m'évite des tracas? C'est bien, un bébé, contre
les soucis.

— Regarde ce que j'ai peint, lui ai-je dit en
sortant une feuille.

— C'est spécial, a dit André. C'est mieux.
Qu'est-ce que c'est le monsieur qui marche sur
les mains à côté du bébé? Et la petite boule?

— Ce n'est pas une boule, c'est une perle. Et
le monsieur, c'est mon Papa. Il veille sur mon
bébé. Il fait l'andouille. Il est très acrobate, il
marche sur les mains, et parfois il rebondit sur la
tête, mais ça, c'est quand il a beaucoup bu.

— Et qu'est-ce que c'est, le poster contre la paroi ? a demandé André.

— C'est la photo de Simon, qui s'est enfin mise au diapason du bébé. Tout le monde a la tête en bas à l'intérieur de moi. Il n'y a que moi qui reste debout avec les pieds par terre. Rien ne peut plus me retourner. Je suis le point d'équilibre.

André a ri.

— Arrête avec ton équilibre, chérie, tu me fais bander. Viens poser avec ton tableau. Plie la feuille en rouleau et fais-en ce que tu veux.

— Je vais être mère, André, ne t'attends pas à du gore.

J'ai roulé la feuille, je l'ai glissée dans mes lèvres, j'ai allumé le bout, et puis ça a pris feu. Alors je l'ai écrasée du pied contre le sol.

— Mes tableaux ne se fument pas.

— Il n'y a pas besoin de les fumer, a dit André. Il n'y a qu'à les regarder, et on comprend tout de suite ton équilibre.

Et André a ri encore.

— Simon... Mon amour. Que j'aime. Et que j'adore. Comment tu le trouves, mon équilibre ?

— C'est un piège ? a demandé Simon.

— Non. Pourquoi ? Je te tends des pièges d'habitude ?

— Toi, chérie ! Oh non... Bien sûr que non. Tu es trop équilibrée pour ça. Je suis content finalement d'avoir cet enfant. Je sens que ça va être une expérience enrichissante.

— Qu'est-ce que tu as dit, Simon?

— Je suis heureux, chérie, c'est vrai.

— Mais pourquoi, Simon?

— Parce que ce bébé, qui va à tous les coups te ressembler, me plaît. Je ne vieillirai pas comme un vieux con.

— Ah! si, Simon. Excuse-moi, mais tu risques de vieillir comme un vieux con. Moi, je vois ça comme ça. Ton histoire va dans ce sens, d'ailleurs c'est toi qui l'écris alors tu peux en parler mieux que moi.

— J'ai quitté ma femme, a dit Simon.

— Vieux con. Tu es un vieux con Simon. Tu n'as pas fait ça? C'est grotesque. Qu'est-ce que je vais faire de toi... Mais tu vas m'encombrer. Tu ne comptes pas t'installer chez moi quand même? Et ta femme, qu'est-ce que tu veux qu'elle fasse sans toi? Et moi, avec toi? Ah non, Simon. Je le vis mal, là. J'ai mon grenier qui ondule. Les greniers « ont du lait », plaisante Papa Whisky... C'est normal, je vais être maman. Je suis dans le vague, bébé Baleine. Je vais mourir d'étouffement. Et ton fils? Qu'est-ce que je vais dire à ton fils? Ne fais pas ça, Simon, on va se perdre. Tu vas me tromper tout de suite. J'en veux plus de ce bébé si ça fonctionne par lots, je ne veux pas de toi. Il n'est même pas de toi, cet enfant. Il est d'André, de Théo. D'Anthoine. Anthoine? Oui, ce serait bien.

— J'adore ton ventre, j'adore tes seins, j'adore tes mains. J'adore toi.

— Avant, tu m'aimais, Simon. Aujourd'hui, tu m'adores ? C'est terrible encore une fois. Tu devrais dormir maintenant. Tu te lèves tôt demain. Le bébé vient.

— Tu as peur ? a demandé Simon.

— Non. J'ai sommeil.

Il m'a prise dans ses bras et j'ai supplié Dieu de m'arracher cet enfant avant que je me réveille.

Au milieu de la nuit, les crampes sont arrivées. J'ai regardé Simon qui dormait. Je me suis levée toute seule. Je me suis habillée. Je faisais un peu trop de bruit et ça l'a réveillé. « Dors, je lui ai dit, dors, mon amour, ce n'est rien. Tu nous rejoindras plus tard. »

Il a sauté du lit, on aurait dit un gosse. Il s'est peigné les cheveux, et a pris ma valise. Avant d'ouvrir la porte, il m'a dit : « Attends. » Il m'a tenue dans ses bras et il a dit : « J'aime toi », et il m'a embrassée jusqu'à ce que le bébé se remette à frapper fort.

Dans la voiture, je suis tombée éperdument amoureuse de Simon, j'ai su que mes efforts pour aller voir ailleurs étaient des morceaux de vide. Je l'ai regardé, lui, et son rétroviseur, le bordel de sa boîte à gants, et sûrement les clopes de sa femme, la bague de sa main gauche, qui ne faisait pas partie des choses que j'avalerais un jour. Je l'ai regardé, et je me suis sentie rassurée.

Il est venu avec moi dans la salle de travail. Il m'a pris cette main qu'il n'avait pas lâchée depuis ce soir d'été où je lui avais dit oui, à tout, à l'infini.

Parfois, je n'ai plus envie de te tenir la main Simon. Parce que tu me dégoûtes, que je n'aime pas quand tu es lâche. Mais là, tu m'as reprise, je te le dis, tu es très fort à l'intérieur de moi.

Dans mon grenier, il y a le bébé, qui veut sortir. Maman Perle et Papa Whisky ont entamé la marche, celle qui mène au placard. Ils n'ont plus d'intérêt à marcher dans mes tripes. C'est dans mon cœur qu'ils vont, avec les jolies choses. Le rouge, le blanc, le brun ne sont que des couleurs, et mon bébé les prend, il les emporte dehors, dehors il va faire beau. Elles vont être éclatantes.

Simon, ne serre pas les poings, je n'ai pas mal, ce n'est pas grave. Va pas péter la gueule à l'infirmier qui vient. Aucune violence d'accord? On retombe en enfance, on va jouer à Oui-Oui, on va lire des histoires, on va chanter très fort, penchés sur le berceau. On ira en voyage tous les deux comme avant.

On le laissera à ta femme.

Oui, Simon. Je pousse. Je t'aurais cru dans la salle d'attente... M'emmerde pas. Je te déteste.

Non, Simon, pardon. Je t'aime, mon amour, n'aie pas peur, je vais bien, il va vite arriver. Maintenant. Maintenant, il vient.

C'est une fille? Mais comment ça se fait? J'aurais juré que... Oui, je suis heureuse. Et toi?...

Mais qu'est-ce que tu fais, Simon? Tu vas appeler ta femme ou quoi?

— Non. Je vais chercher des fleurs.

Et il a ri. Il a même pleuré de rire.

On m'a amené mon bébé. La petite fille est au pli de mon coude. Elle a les yeux fermés, elle sent bon. Elle a des petits ongles. Elle est magnifique. D'ailleurs, elle ressemble à Simon. C'est ce qu'a dit André en passant tout à l'heure.

Simon n'est pas revenu. C'était plus simple peut-être pour moi, et pour son fils. De temps en temps, je sais, il passera chez nous. J'ai reçu des fleurs.

Mais la plus belle, celle qui est à 37 degrés, au petit pistil qui bat très fort, celle qui a germé en moi, Simon, je l'ai sur mon corps, et j'ai compris le sens de « j'adore ». Alors je sais qu'elle est de toi. Et je n'ai plus besoin d'autre certitude. Ni d'autre possession.

D'ailleurs, je ne demanderai pas qu'on me restitue mon placenta.

Composition réalisée par EURONUMÉRIQUE

IMPRIMÉ EN ALLEMAGNE PAR ELSNERDRUCK
Dépôt légal Édit. : 25120-09/2002
Librairie Générale Française – 43, quai de Grenelle – 75015 Paris.
ISBN : 2-253-15365-6